U0514179

母亲的眼泪

[保]安吉尔·卡拉利切夫　著

闫兰兰　译

北方联合出版传媒(集团)股份有限公司

万卷出版有限责任公司

ⓒ 安吉尔·卡拉利切夫　2024

图书在版编目（CIP）数据

母亲的眼泪 /（保）安吉尔·卡拉利切夫著；闫兰
兰译. -- 沈阳：万卷出版有限责任公司，2024.6
ISBN 978-7-5470-6454-2

Ⅰ.①母… Ⅱ.①安… ②闫… Ⅲ.①童话—作品集
—保加利亚—现代 Ⅳ.①I544.88

中国国家版本馆CIP数据核字（2024）第046209号

出　品　人：王维良
出版发行：北方联合出版传媒（集团）股份有限公司
　　　　　　万卷出版有限责任公司
　　　　　　（地址：沈阳市和平区十一纬路29号　邮编：110003）
印　刷　者：辽宁新华印务有限公司
经　销　者：全国新华书店
幅面尺寸：145mm×210mm
字　　数：190千字
印　　张：8
出版时间：2024年6月第1版
印刷时间：2024年6月第1次印刷
责任编辑：王　越
责任校对：张　莹
封面插图：刘慕薪南
封面设计：仙　境
版式设计：李英辉
ISBN 978-7-5470-6454-2
定　　价：38.00元
联系电话：024-23284090
传　　真：024-23284448

目 录
Contents

母亲的眼泪

　　一场秋雨一场寒，雨滴绵密，滴落在园中黄叶上，叶片越发晶莹。藤上葡萄熟透了，粒大饱满，汁水挣破皮肉，丰盈欲滴。秋菊花耷拉着脑袋插在一个破碎的陶罐里，陶罐里还趴着一只小燕子，又冷又怕，瑟瑟发抖。妈妈和姐姐们都飞去南方了，只留下孤零零的小可怜一个，在这样寒冷的秋夜，没人能给它取暖。它之所以被留在这个碎陶罐里，是因为翅膀受伤，难以长途飞行。

　　那还是一个夏日，它们筑窝的房子着火了，燕子妈妈忙着救小燕子们出火海的时候，一块烧着的木头落下来砸到了小燕子的右边翅膀，小燕子当时就疼得昏死过去，醒来时，已经趴在新窝里了，妈妈正担心地看着它。它想扇动翅膀，却怎么也动不了，原来，自己的右边翅膀被烧焦了。

　　夏天很快过去了，藤上的葡萄日渐成熟，花园里的秋菊也竞相开放，燕子们成群聚集在电报线上，准备它们漫长的南飞之旅，密密麻麻地仿佛一道道五线谱。

一天，妈妈把这个受伤的、走路都摇摇晃晃的孩子带到一个小花园，对它说："好孩子，我们今天就要去南方了，你受伤了，去不了，所以我得把你留在这里，你看看这个陶罐，妈妈在里面给你铺上了松软暖和的干草，你就在这里放心地过冬。饿了就看看园子里有什么果子可以吃，园子里有的是果子。你再看看你的新窝多好看，里面还插着秋菊花。而且，不用担心，春天我们就回来了。"

小燕子说："妈妈，你真好！"一边说，一边往妈妈怀里钻，默默地哭了，生怕妈妈看见它的眼泪。

燕子们都飞走了！天越来越短，新窝上的秋菊浸满雨水，头垂得更低了，这时，一滴水滴落到了秋菊的花瓣尖上，摇摇欲坠。它刚准备躺下，不禁叹着气说："唉！太累了！"

小燕子好奇地问它："你是谁？从哪儿来？"

小水滴说："快别问了，我是从海洋的那边家里飞过来的，飞了很久很久，我可不是普通的雨滴，我是一滴眼泪！"

"眼泪？谁的眼泪？"小燕子激动地说。

"一位母亲的眼泪！我来给你讲一讲这个故事吧。"

九天前，一只疲惫不堪的燕子落在了一艘大轮船的桅杆上，也就是你的母亲，它站在桅杆上痛哭，眼里噙满了伤心的泪水，我就是其中一滴。这时海上大风刮起，卷起浪花，你的母亲轻声地请求风："风啊！你能去到任何想去的地方，如果你哪天到了保加利亚，求你帮我去看看我那可怜的孩子吧！告诉它：'园子里藏着一只黑猫，一定要躲开它，我飞走的时候忘记提醒它这个危险的家伙了！还有，一定要告诉它，妈妈的心想它想得都疼死了！'"

　　风问："你的小可怜在哪儿？"

　　"我把它留在一个花园的碎陶罐里，园子里开满了秋菊花！"

　　你的母亲说完这句话，一滴眼泪（也就是我）就流了下来。风带着我飞过万水千山，我飞了整整九天才来到你这儿，真是太累了！真想躺下睡会儿呀！

　　小燕子的心在抽动，它挣扎着站起身来，把这滴充满着母爱的眼泪含进嘴里。

　　"谢谢妈妈。"小燕子小声说。说完，它俯下身去，衔着母亲的眼泪安心地睡着了！睡梦中仿佛回到了母亲温暖的羽翼下。

树不会走了

很久很久以前，地球宛若一个童话世界：狼和羊是好朋友，田里能直接长出大面包，连树都是长着脚的！是的，你没看错，那时候的树不像现在这样站着不动，而是可以整天随心所欲地游走在田野、草场、乡村和城市间。那时候，人们经常可以看到这样的情形：

农民伯伯看到一棵正在走路的树，便和它搭话："哎！小树，你的树荫不小啊！"

小树回答："是呀！"

农民伯伯继续说："晌午跟我去趟草场粉碎草料吧，大热的天儿，热得直叫人想打盹儿！正好借你的树荫给我乘个凉吧。"

"好呀！"说完，小树便跟着农民伯伯走了。

老奶奶会对着一棵苹果树说："你树上的苹果真是又大

又甜呀！要是现在有个袋子就好了，能捡一袋子苹果回去，每天分给十个熊孩子，我那淘气的孙子们一人一个。"

"奶奶，放心地回家去吧！"苹果树弯下腰来，树叶沙沙作响，"我傍晚会自己走到你家去。到时，我把树上最好的苹果摇下来，然后叫上你的孩子们来捡。"

还有一个故事，我也想讲给你们听！

一口深井旁长着一棵纤细挺拔的云杉树，它不像其他四处游走的同类一样，它日夜立在井边，望向井里纯净透明的井水，怎么也看不够水里自己的倩影。

春天来了，一只从南方飞回来的斑鸠落在它上面，咕咕咕地夸奖道："小云杉呀，你可真高真美呀！亭亭玉立的！让我在你的树枝上搭窝、下蛋、孵小斑鸠吧！"

"你为什么不在别的树上做窝呢？"小云杉问道。

"因为别的树整天走来走去，我怕它们把我的宝宝摇下来摔坏了！你看看你，就站在这里，哪儿也不去，连动作都那么轻盈温柔，要是我的宝宝住在你这里，你那细腻的树枝都能轻声哄它入睡。怎么样？就让我在这儿搭窝吧？"

"好吧！搭吧！"云杉不耐烦地回答，然后又急忙去欣赏自己美丽的倒影了。

斑鸠做好了窝，下了蛋，开始孵蛋。不久后，它孵出了一只黄喙、黄脚、没毛儿的小斑鸠，壳还没有全部脱掉，小斑鸠已经迫不及待地叫嚷："妈妈！我饿啦！"

"马上去给你找吃的！我的宝贝儿！"

刚当上妈妈的斑鸠幸福地飞出去捕食：苍蝇、虫子、谷物、浆果，样样不在话下。斑鸠宝宝趴在窝里吃着妈妈带回来的各种吃食，很快就长大了。它翅膀刚开始长出羽毛时，斑鸠妈妈已经迫不及待地跟朋友们说自己的儿子很快就会飞了。

一个星期天的早晨，云杉突然听到远处传来音乐声。

"哪儿来的音乐？"它吃惊地问。

"今天年轻的树木在林中空地里聚会跳圆圈舞，一整天都能听到风笛和鼓声。"斑鸠妈妈解释道。

"我要去找杨树跳舞！"云杉兴奋地回应道。

"今天千万别去，求你了！"斑鸠妈妈哀求它，"下星期天再去吧，下星期天我儿子的翅膀才能硬实，才会飞。要是你今天去和杨树跳舞，会把它摔出去被狐狸们吃掉的。为了凑热闹看圆圈舞，所有的狐狸现在都聚到林中空地了！"

"妈妈，我要吃葡萄！"小斑鸠张着大嘴对妈妈喊道。

"马上给我宝宝去摘！"说完，斑鸠妈妈就飞走去找葡萄了。

云杉根本没把斑鸠妈妈的请求放在心上，还是去了林中空地，潇洒地和两棵杨树跳了一整天舞：腾挪、摇摆和屈膝，欢乐无比。小斑鸠经不住这番折腾，从窝里掉了下来，狐狸们立刻扑过来，幸好，麻雀们及时赶到救起了它，把它送到了旁边一棵老橡树的树枝上。老橡树稳稳地站在那里，根本没想要跳舞。

舞会直到晚上才结束，云杉往回走的半路上遇到了斑鸠妈妈。

"我的小黄鸠呢？"看着空空的鸟窝，它大喊道。

"我哪儿知道？我又不是帮你看孩子的用人！"云杉不耐烦地回答。

这时，麻雀们还没来得及告诉可怜的斑鸠妈妈，它们把小斑鸠藏好了。斑鸠妈妈吓坏了，绝望地诅咒道："让你们这些树们再也不能跳舞，让你们就停在今天的位置上永远不能动，让我们的孩子们能一直平安地待在窝里吧！"说完，它的诅咒竟应验了。

自那天起，所有树的脚都幻化成根，深扎土里，树再也不能走动了！

最小的鸭子

春天，鸭妈妈孵出了三只小鸭，它给老大起名叫"毛毛椅"，因为老大浑身长满了松软的黄色绒毛；给老二取名叫"扭嘎嘎"，因为老二总是一边歪歪扭扭走路，一边不停地嘎嘎叫。它看老幺长得瘦瘦小小的，却是最能吃的一个，便叫它"饿死鬼"。你一定要问了："为什么给自己那么可爱的孩子起了这么个难听的名字呢？"我来好好给你讲一讲吧。

三只黄绒球般的小鸭子刚一被孵出来，托朵拉奶奶便把它们放到院子里，喂面包渣给它们吃，当时老幺立即张大了嘴，瞬间把所有面包渣都吞进了肚子里，毛毛椅和扭嘎嘎什么也没有抢到，托朵拉奶奶当时被它气炸了，愤愤地直接骂它是个饿死鬼。我们的饿死鬼还不以为耻，反以为荣，骄傲地在院子里奔走炫耀，甚至故意走到大胡子火鸡那儿显摆自己的"美名"。你还不知道大胡子火鸡嘛，就是一个大喇叭，听完了小鸭子的话之后立刻回到鸡舍跟它的朋友们传闲话，讲小鸭子的"光荣事迹"。

小鸭子们满七天的时候，鸭妈妈带它们去小河边。

老大毛毛椅问："妈妈，咱们去哪儿呀？"

妈妈回答道："去小河边儿呀，我的宝贝们！带你们去捉些小鱼做早饭。你想吃小银鱼还是小蝌蚪呀？"

毛毛椅立即说："我想吃小银鱼！"

扭嘎嘎接着说："我要吃小蝌蚪！"

"你呢？"妈妈问饿死鬼。

饿死鬼大声说："我要吃下一头鲸！"

妈妈无奈地威胁它道："你啊，早晚会因为贪吃吃大亏！"

到了河边，鸭妈妈对孩子们说："你们还小，还不会游泳，就躲在长满绒球的柳枝下面等我，哪里也不要去！"

说完，鸭妈妈扇动着翅膀走到河边，向小河游去，捉了些蝌蚪，把它们藏到岸边盘根错节的树根附近，接着又潜到水里去了。

我们的饿死鬼可等不及了，它觉得躲在柳树下面浪费了宝贵的时间。

"这是要等多久啊！这么下去我看得等上一整年了！我？就为了区区小蝌蚪在这里等这么长时间？我才没那么傻呢！现在我就自己去捉鱼来吃！"

说完，它学着妈妈的样子扇动着翅膀便往河里走，突然踩到了一颗湿漉漉的石子，饿死鬼扑通一声就掉到了河里！湍急的水流一下子把它冲走了，可怜的小鸭子被冲到了下游的密林里。

　　密林里住着狡猾的狐狸一家——狐狸妈妈和它的两个狐狸宝宝。狐狸妈妈刚从洞里出来，狐狸宝宝紧跟着妈妈也跑了出来。

　　"妈妈，快给我们弄点新鲜的嫩肉吃吧，再也不想吃硬邦邦的老鸡肉啦！"狐狸宝宝哭闹着说。

　　"好好好！我的乖乖们！现在就去给你们找软乎乎的活物吃！但是你们要听话，待在洞里，哪里都不许去！"说完，它和孩子们挥手告别，然后就消失在密林里了。

　　河边，垂柳丛丛，柳枝在水中涤荡，其中一棵树上有个大树洞，狡猾的狐狸妈妈爬到树洞里藏了起来，刚藏好就看到了小鸭子。小鸭子正全神贯注地盯着水面游泳，等游到有大树洞的柳树跟前时，它已经游得轻松自如了。

　　"站住！"狐狸妈妈从树洞里跳出来，摆着大尾巴尖声呵斥住小鸭子。

　　小鸭子停下来。

　　"你是谁呀？"狐狸问。

　　"我是饿死鬼。"

　　"哎哟！你这名字可吓死我了！"狐狸笑着说。

"我才不可怕！我很可爱！"

"嗯，你可爱！那小可爱你这是要去哪儿呀？"狐狸讥笑着问道。

"去捕大鲸！"

"捕鲸做什么呢？"

"吃呀！我都快饿死了！"

狐狸说："你这个小傻瓜！河里哪有鲸呀！鲸都是住在树林里的，跟我来，我知道在哪儿能捉到大鲸，到时让你吃个够！"

小鸭子迟疑地看着狐狸问道："那你又是谁？"

"我是仁慈的森林姐姐，专门帮助小鸭子，先帮它们找吃的，等吃饱了再送它们回家找妈妈。"

"我就知道你心善！"饿死鬼说完，兴高采烈地游向岸边。

刚上岸，狐狸一把拉住它，拎起一只鸭腿，就把它扛起来朝家里狂奔而去。

岸边的青蛙看到了这一幕，感叹道："可怜的小鸭子要没命了！狐狸吃它还不得像我吞苍蝇那么易如反掌！"

柳树们也沙沙作响，纷纷惋惜道："多可爱的小鸭子呀！"白色的柳絮飘散，仿佛是为小鸭子流下的伤心眼泪。

狡猾的狐狸因为不熟悉森林地形，就沿着兔子的脚印走，它的心激动得怦怦跳，想着：孩子们看到有小活鸭做午饭该多高兴！它一高兴便忘记要提防捕兽夹这回事儿了，小鸭子可清楚地记着托多尔爷爷曾经说过，他在兔路中间用厚厚的树叶设了一个陷阱，它们走到兔路中间的时候，狐狸没有躲过陷阱，直接踩了上去，陷阱里的捕兽夹咔嚓一响，瞬间夹住了狐狸的右爪。狐狸栽倒在地，小鸭子被甩到了草地上。这时，饿死鬼意识到自己已经逃过一劫，保住了小命。它鄙夷地看了一眼狐狸后开始往回走，路上一次都没有回头看，走到河边后像一艘小船一样逆流而上游回到那棵柳树下，鸭妈妈、毛毛椅和扭嘎嘎正焦急地等着它。

鸭妈妈看到它后，远远地开始大喊："哎呀！你这个浑球儿！我找不到你都快急死了！"

小鸭子赶快回答道："妈妈，我去林子里了，本来想去捕鲸，却捉到了一只狐狸。"

妈妈吃惊地说道："你说什么？狐狸？你怎么捉到的狐狸？"

小鸭子说："我想送给托朵拉奶奶一条狐狸皮毛领，这样以后奶奶每次喂食的时候就会多分给我点儿！妈妈，我现在好饿呀！"

饿死鬼跑到河边，张开大嘴，一下子衔起了两个蝌蚪，心满意足地大吃起来。

黍米和水牛

  和煦的清风温柔拂过田野，田里成熟的黍米随风摇曳，风把一颗金灿灿的黍米粒儿从一串沉甸甸、胀鼓鼓的黍米穗上吹落下来。

  它先是落到地上，接着滚到一条小路上，哎呀啊呀大叫一番后不忘对大地说："我撞到你了吧？真对不起！这可不怪我，都是风儿的错，都是它把我给吹下来了。"

  "没关系！"大地回答。

  小黍米粒儿瘫在地上想了一会儿，然后深深叹了口气。

  "你叹什么气？"大地问。

  "我要是有翅膀该多好啊！"

  "你要翅膀做什么？"

  "有翅膀我就能飞起来了，这样就不会压到你啦。"

  大地忍不住笑了起来。

"你笑什么？"小黍米粒儿生气地问。

"这还能不笑？你真是太可笑了！也不掂掂你几斤几两？看到走过来的大水牛了吗？它都不敢说它压到我了，你真是好大的胆子，我活到这把年纪还没有谁这么跟我说话！你这个笑话可以让我笑到老了！"

小黍米粒儿蹿起来，看见一头身形庞大的黑色老水牛，顶着两根长角慢悠悠地走在乡间小路上。

"这头水牛也没我重啊！"小黍米粒儿骄傲地说。

"你说它没你重？"大地笑到浑身抽动，"唉，你这个傻孩子！"

"你哈哈笑什么呢？快别抖了，我都快被你给抖倒了！"水牛说。

"我在笑一颗小黍米粒儿呢，它居然跟我说你没它重。"

水牛惊讶地问："你说什么？这个小黍米粒儿在哪儿？我倒想看看它是何方神圣！"

小黍米粒儿这时用它那比蚊子还细的嗓音回答："我就在这儿！你怎么？看不到我吗？"

水牛隐约听到了嗡嗡声，便顺着声音的方向望去，却什么也没看到，于是重重地叹了口气。

突然，小黍米粒儿被水牛的一口气吹进了蚂蚁洞里，顺着蚁穴一路向下滑去，它一边滑，一边还在想："还好这阵风把我吹走了，不然我一气之下冲上去撞它，它再怎么厉害、再怎么骄傲，被我撞个倒栽葱，摔得叽里咕噜，还不让人笑掉大牙！"

地狗吃月亮

　　傍晚，奶奶添柴加火，忙活着做晚饭，一边做饭一边还哼着小曲儿。奶奶从篮子里掏出几个新鲜的鸡蛋，放到小黑锅里，往锅里倒好水，把锅放到炉子上煮起来。孙子万尼亚和孙女库妮娅安静地睡在炉子旁边的粗席上，炉火烘得他们暖暖和和，两个小家伙也睡得舒舒服服。万尼亚旁边趴着一只大灰猫，灰猫咕噜咕噜着，长胡子不时扫过他的耳朵，弄得他痒痒的，让他在睡梦里都笑意甜甜，猫咪也忍不住跟着笑起来。

　　闲来无事的月亮看到了这一幕，它穿过奶奶屋门前的苹果树枝，越过葡萄藤蔓，飞到了厨房的窗台上，瞪大眼睛看着奶奶做饭。奶奶看到它，却要赶它走："你这个懒蛋！快别在我面前晃来晃去，别把我鸡蛋给碰碎了！还不快走，看我不拿笤帚把你打出去！你听见没有？快走！去干你的正事儿去！你看看，这天都已经黑成什么样儿了！快回天上照亮去！这会儿还有不少赶夜路的人呢，你不给他们照亮，他们不就迷路了？"

听完奶奶的话，月亮还赖在窗台上一动不动，原来它是想跟奶奶讨一颗鸡蛋当礼物，就一颗！它想把鸡蛋带回到天上，送给在那里等着、盼着它的未婚妻启明星金金；甚至情不自禁地想象着自己回去时候的情景——金金温柔地问它："亲爱的月亮，你从地上给我带什么礼物回来了吗？"这时，它就可以骄傲地捧出一颗鸡蛋，圆圆的，白白的，送给心爱的金金，多好！别的星星都会因此羡慕金金呢！

想到这里，月亮开始哀求奶奶："奶奶，给我一颗鸡蛋吧！一颗，就一颗！我想送给我的未婚妻，它早就想要看看鸡蛋长什么样子了，求求你啦！"

"不给！"奶奶回答，"想都别想！"

"为什么不给呀！你要是答应给我一颗鸡蛋的话，明天天一黑我就来帮你干活儿，来了就坐到厨房窗外的树枝上，专门给你照亮，一直照到你织完三匹布，我保证！行不行？求你了！"

"保不保证也不给！"

奶奶怎么也不肯把鸡蛋给月亮。

晚饭做好了，奶奶撤掉炉子里的柴火，关上窗户，又特意把鸡蛋篮子藏到床底下，这才挨着孙子孙女躺下来，不一会儿就进入了梦乡，屋里响起了她的鼾声。

沮丧的月亮久久不愿离开，独自在屋外徘徊，还时不时往窗户里看看，月光也随之洒到孩子们的脸上。月亮实在不知道该怎么办才好：叫醒奶奶继续求她，还是从烟囱爬进厨房自己去拿？最后，它下定决心自己动手——先是爬到房顶，小心翼翼地踩在瓦上，又跳到烟囱上，四下里看了一下，见没人发现，便从烟囱跳了下去，沾了一身烟灰，月光都被盖住了，从烟囱落到炉子上的时候，屋里是一片漆黑。它赶快滚到床底下，在鸡蛋篮子里挑了颗最大、最好看的塞到袋子里，又迅速爬回烟囱溜走了。

奶奶和孩子们睡得沉，没听到屋里的动静。只有敏锐的灰猫察觉到了被烟灰裹得严严实实的月亮。猫咪被这个大黑球儿吓坏了，躲在万尼亚后面缩成一团儿，不敢出声，也不敢动，怕一出声惊扰了月亮，月亮再用光灼伤自己就不妙了。但它没放松警惕，紧盯着月亮的一举一动。看到月亮刚一钻进烟囱里，猫咪就赶快从万尼亚身后跳出来，跑到门口，透过锁孔悄悄叫醒看门狗，告诉它家里鸡蛋被月亮偷走了。

看门狗听完猫咪的话，气坏了，怕吵醒主人们，一声不响地跑出去追月亮。月亮跑到村头，看到了一眼泉水，水边放着一个盛水的洗衣盆，它想先停下来洗掉身上的烟灰再飞回天上去，谁知刚俯下身，便被狗一口叼住。月亮如受惊的鸟雀般吱吱尖叫，拼命挣扎，狗只顾着抢回装在口袋里的鸡蛋，刚一咬住月亮，就被它挣脱跑掉了。

第二天晚上，高高的天上升起了一弯月牙儿，那是被狗咬掉一角儿的月亮。

滑进同一条河流的驴

日头西斜，树影婆娑，微风起，天儿也渐渐凉快下来。白天里被晒得蔫巴巴的椴树随风舞动，鸟儿跟着欢快地叽叽喳喳叫，黄色车前草花随风摇曳，极力伸出自己长耳朵般的茎叶，仿佛要捕捉到远处柳树的歌声。

马特维爷爷一手拿着乱蓬蓬的羊皮帽，一手牵着头驴从集市回村子。驴驮着两袋盐，耷拉着耳朵懒洋洋地跟在后头，每走一步，蹄子都陷入沙石地里，沉重无比。

"驾！驾！"马特维爷爷催促驴快走，"怎么还像个大虾似的往后退呢，往前走！前面就要过河了，过了河很快就到咱们村子了。知道你驮着东西累着呢，谁让你血气旺、身子壮呢，现在可正是好时候呢，我像你这般光景的时候连一座山都能背得走，看看你，两袋盐巴就给压垮了！真是给驴丢脸！唉，渴死了，路怎么这么长，怎么还走不到头啊！上哪儿找点水喝呢！这河眼看着都要干了，河里尽是浑水，咋喝呢！走！快走！别往后退！”

到了河边，马特维爷爷松开缰绳对驴说："累死了，渴死了！你先在这站一会儿吧，我去一趟玛丽娜的瓜田，跟她要几个甜瓜解渴。"说完，爷爷就往瓜田走。驴站在河边寻思："要不下河去喝口水？"突然，它瞧见河对岸长满了汁水肥美的蓟草，是它最爱吃的蓟草，于是，它小心地循着缓坡走下河岸，往对面走去，快走到河中央的时候，突然踩到一块长满苔藓的石头，滑了一下，摔倒了。

水里又凉快又舒服，驴不禁想："真凉快呀，要是现在爬出去吃蓟草就又热了，不如待在这里好！"于是，它索性就在水里趴下了。

不知过了多久，爷爷从瓜田回来了，找不到驴，四下张望，最后才看到了卧在水里的驴，一动不动地像头大水牛。爷爷大叫一声："不好！"顿时脊背汗毛竖起，一边冲下河岸，一边哀号："我的盐啊！"随后，牵起懒驴便往岸上拖，上岸后，他赶紧伸手去摸盐袋，盐都化了，袋子空空。回去的路上，驴竟还在想："要是每一小段路就有条河该多好，那还不得跟天堂一样啊！"马特维爷爷却难过了一路，不知该说什么好！

过了一周，是个周六，同样的时间，同一条路上，马特维爷爷又牵着它的长耳朵懒驴。爷爷又被热得喘不过来气，驴也热得挪不动步，但这次没驮重重的盐巴，只驮着两捆生羊毛。走到河边的时候，马特维爷爷又去了瓜田，驴又下了河。这次，它找到水最深的地方卧了下去。爷爷很快回来了，看到河水中又在偷奸耍滑的驴，气得七窍生烟，一下子蹿下岸去牵驴。

"好啊你！还不快站起来！"

爷爷一把抓住缰绳往外拽驴。驴想要站起来，却怎么也站不起来，背上的羊毛浸满了水，像大铁疙瘩一样压在它身上。被压得动弹不得的驴用尽全力才站起来，艰难地把羊毛驮回岸上，又耷拉着脑袋步履蹒跚地跟着爷爷往回走。

马特维爷爷走在前面，一边走，一边摇头苦笑。驴一边走，一边还在琢磨："真是搞不懂，这世上怎么会有河呢？要是世上所有的河都干了该多好啊，那日子还不过得像天堂一样！"

雪 姑 娘

　　天色渐晚，大地银装素裹，屋顶白光闪耀，屋檐下融化的雪水静静滴落。冬日的暖阳穿过老樱桃树，照在窗台旁彩色的枕头上。枕头上趴着一只胖乎乎的大黑猫，它时不时睁开眼睛看一下篱笆上嬉戏的麻雀。别佳和玛丽卡正在屋里玩儿：别佳画粉笔画儿，玛丽卡穿珠串儿。

　　"咱们出去玩吧？"别佳说。

　　"得奶奶让出去才行！"玛丽卡回答。

　　两个孩子跑去厨房找奶奶，她正在切洋葱。

　　"去吧，穿暖和点儿！"奶奶说，"要是冻手，就快回来，去炉子边烤火！"玛丽卡穿上暖和的羊毛大衣，给别佳也穿好衣服，还给他围上厚厚的羊毛围巾，戴上手套，然后就跑到院子里玩去了。他们高兴地朝小麻雀扔雪球儿，瞬间惊起一树灰麻雀，轰隆一声后，麻雀们飞出了花园。

"雪可真松软呀！"玛丽卡跪在老樱桃树下禁不住感叹。

"知道我想干什么吗？"别佳问，"我想堆个雪姑娘！"

"好呀！"玛丽卡高兴地回应他。

说完，两个孩子就兴高采烈地忙活起来：铲雪、滚雪球。不出半小时，美丽的雪姑娘就堆好了。别佳从家里拿来一些羊毛和蓝珠子给雪姑娘当头发和眼睛，又怕雪姑娘冷，特意回家找了条奶奶的旧围巾给雪姑娘围在脖子上。

太阳落山了，暮色渐晚。雪粒也渐渐硬挺紧实。远处鸡鸣狗吠，村子里又迎来了一个冬夜。这时，门口出现了奶奶的身影，她正大声叫孩子们回家吃饭呢！回到家的两个孩子一溜烟儿爬到窗台上去看他们的雪姑娘，外面大风起，吹得树枝摇晃，枝上雪片被抖动下来，一股脑儿地拍在雪姑娘头上，雪姑娘瞬间被淹没，可她丝毫没被惊扰，纹丝不动，还在继续她的好梦。不知从哪儿蹿出来一只黑狗，凑到雪姑娘跟前嗅来嗅去。看到黑狗，别佳和玛丽卡一下跳下窗台，那是他们家的狗，看到它，就知道爸爸赶集买好吃的回来了。这时，妈妈也从邻居家出来，一家人整整齐齐地坐下吃饭。饭桌上，爸爸说："山上起了大风，人都能给刮跑，天黑以后八成要来暴风雪了。还没赶回家的人怕是要冻死在路上了！"

吃完饭，大伙儿都凑到暖和的屋子里：父亲看起报纸，看着看着，报纸从手里滑落，累了、冻了一天的他一躺下便睡着了。妈妈让孩子们也躺下，然后熄了灯。别佳和玛丽卡的床靠窗，灯刚熄，他们便站起来趴到窗台上往外看。

"别佳，你看到她了吗？"玛丽卡小声问。

"没有，你看到了吗？"

"我看到了，在樱桃树下面呢。"

"今天晚上这么冷，能不能给冻死啊？"

"肯定会冻死的，真可怜！"

说完，孩子们呆坐在床上，难过得说不出话。外面狂风暴雪，别佳说："她是不是快冻死了？"

"嗯！晚上吃饭的时候你没听爸爸说嘛，天黑前没赶回家的人都得冻死！"

"咱们快出去把她搬进来吧！"

"你们怎么还没睡，嘀咕什么呢？"妈妈问。

"等妈妈睡着了咱们再行动吧。"玛丽卡小声和别佳商量。

孩子们不出声了，一直等到妈妈睡着了才又起身，穿上衣服，戴好手套，出了门。外面漆黑一片，风雪呼啸，别佳和玛丽卡好不容易才找到雪姑娘，拂去她头顶的雪，小心翼翼地把她抬进屋里，特意把她搬到厨房的火炉旁，又从卧室拿出毯子给她盖上，确定她很暖和才安心地去睡觉。

第二天早上，孩子们想去叫醒雪姑娘，可当他们跑到火炉旁，却发现她不见了，只留下毯子下面的一汪水，那么纯净、晶莹剔透的水。别佳和玛丽卡把这件事告诉了奶奶，把奶奶笑得呀，根本停不下来！可孩子们还在念念不忘他们美丽可爱的蓝眼睛雪姑娘。

秋天的童话

"孩子，给妈妈摘粒葡萄来吧！"生病的夜莺妈妈对儿子说。小夜莺此时正在草丛里蹦来跳去，沾了一身晨露。

"我的孩子啊，真想吃口甜的呀，去给我挑一粒熟透的葡萄吧，这时候要是能吃上一口甜葡萄，病就好了！"

"妈妈，我这就去！放心等着吧，身上露水还没干之前我一定把葡萄给你带回来！"

说罢，夜莺张开小小的翅膀，往拉多伊科爷爷的葡萄园飞去，园里的葡萄都熟了。

葡萄园里，拉多伊科爷爷正坐在桃树下用树条编篮子；编累了，便伸手摘个桃子吃，吃完一抹嘴，再继续编。他身后放着个空煤油罐。爷爷不时用棍子敲两下罐子吓唬鸟，免得它们偷吃葡萄。

夜莺飞到葡萄园，落在拉多伊科爷爷头顶的树枝上，叽叽喳喳地对爷爷说："拉多伊科爷爷，让我叼走一粒葡萄给我生病的妈妈吧！它正趴在窝里等着呢，可以吧？"

爷爷没有回答他，爷爷又不懂鸟语，只觉得头顶鸟鸣如歌声般悦耳。

"哎呀，这小鸟叫得可真好听！"爷爷感叹，把帽子往后推了推，伸手又摘了个桃子。

夜莺吓了一跳，一跃飞起，一口气飞到葡萄园最深处，落在一棵葡萄藤上。藤上挂满了一串串熟透的葡萄，好似一个个玲珑剔透的琥珀。夜莺忍住没去摘葡萄，爷爷不允许，它是绝对不会动的。它又飞到地上，想碰碰运气，看能不能捡到落在地上的葡萄。旁边的藤下正好有一粒，应该是从很高的藤上落下来的，都摔碎了。小夜莺刚要去捡，就听到叮叮当当的声音，那是爷爷敲煤油罐的声音。

夜莺被这声音吓坏了，忙不迭地飞回家。它依偎在妈妈身边给妈妈讲起今天的"冒险之旅"。

"没事的，孩子，别灰心！"妈妈叹了口气说，边说边温柔地用翅膀爱抚孩子的头，"别放在心上，下次再去就好了！等拉多伊科爷爷收葡萄的时候，就没有人看园子了，到那时你再去，看看有没有爷爷落下的葡萄。真没事，我的小宝贝！"妈妈安抚着儿子，心疼得眼泪都在眼圈里打转儿了。

伤心的小夜莺独自飞到树林里，在一棵榛树上停了下来，叹了口气。想着自己没能帮上妈妈，真是没用！它无处倾诉自己的苦恼，不禁唱了起来，忧伤的歌声把旁边的石头都感动得痛哭流涕，大颗的石泪落了下来，差点砸断刚好路过的蚂蚁的腿。

蚂蚁闪到一边，惊魂未定地看着石头。

"你怎么还哭了？"蚂蚁问道。

"还不是夜莺，它唱得我心都疼了，眼泪忍不住就掉下来了！"

蚂蚁瞪大了眼睛看向榛树上的夜莺，大叫："哎——大歌唱家！你为什么给石头唱哭了呀？有什么伤心事，能跟我说说吗？"

小夜莺从榛树上飞下来，落在蚂蚁身边，给它说了自己的伤心事。

"因为一粒葡萄你就难过成这样？没别的大事啦？"

"嗯！"夜莺回答。

"早说呀！你知道葡萄园边上有口井吧，井边的路上就有两粒大葡萄，你现在飞过去准能看到。想知道我怎么知道的吗？告诉你吧，爷爷每天吃完饭后会去井里打水，昨天他拎了一大串葡萄放到井里去冰镇，回去的路上没发现掉了两粒最大、最熟的，我看见啦！我当时馋得迈不动步，盘算着怎么把它们运回洞里去。可是我使劲儿推也是白费力气，根本推不动，葡萄太重了，我的力气太小了。我再怎么用力葡萄都一动不动，我真是没办法了，看你这么伤心，让给你啦，你去捡吧，一粒你自己吃，一粒给你妈妈！"

　　夜莺迫不及待地飞到井边，很快找到了路边的两粒大葡萄，高兴得不得了，呼扇着翅膀，衔起一粒飞到蚂蚁洞前，把葡萄放在蚂蚁洞口，然后才回去叼起另外一粒给妈妈送去。

愚蠢的男孩儿

正晌午，烈日当头。羊圈里的羊热得像被融化了似的瘫睡在地上。鸭子一家躲在苹果树下的水槽里打盹儿。

希肖也睡得正酣。奶奶走到他跟前，拍了拍他的肩膀，轻声说：

"快起来，我的乖孙子，这都睡多长时间了？不是要去地里吗？赶快！爷爷都快饿死了！等你呢！希肖，希肖，快起来！"

小男孩儿腾的一下坐起来，揉了揉惺忪的睡眼，提上裤子，到院子里用凉水洗了把脸，走到水槽边，想摸摸小鸭子。鸭妈妈嘎嘎叫着护住鸭宝宝，张开大嘴追他。希肖跑进厨房，拿上热黑麦饼装进袋子，搭到肩上，又拎起一罐荨麻汤走了。

离村子很远的一座小山上，爷爷正牵着水牛耕田。他不停地朝路上看，盼着小孙子给他送热汤和黑麦饼。

希肖穿过十字路口，上了一座大桥，在桥上停了下来，把罐子放在旁边，探身往下看。河水在阳光下闪闪发光，河面映出岸边柳树的倩影，银色的鱼儿跃出水面。这时，希肖在水里看到一个黑发小男孩儿，和他一模一样，支棱着大耳朵，肩上还有个袋子。这个男孩儿是谁，怎么在河里？这奇遇让他一下子来了精神。他笑，河里的男孩儿也跟着他笑。

"哎，你笑什么？"希肖问。

说罢，他捡起块石头往河里扔去，石头扑通一声落进河里，掀起阵阵涟漪，男孩儿不见了。等水面平静下来，黑发男孩儿支棱着招风耳又冒出水面。

希肖以为小男孩儿在耍他，于是说：

"你这么厉害的话，爬出来抓我呀！"

这时，希肖蓦地想起爷爷还累着，饿着，等着他呢。于是，他拎起汤罐继续赶路。突然，一只鹌鹑迎面朝他飞来，坐在树枝上对他叫道：

"小——饼！给个吧，给个吧！小——饼！给个吧，给个吧！"

"不能给你呀，"希肖说，"我得给爷爷送去呢。"

鹌鹑生气了，展开翅膀飞到沼泽地，向鹳告状去了。

鹳是森林里的百鸟之王。鹳像所有的国王一样，喜欢安静地睡觉。但这天天亮之前，沼泽里的青蛙们呱呱叫了一整夜，它也一整夜没合眼，于是飞到沼泽去训斥它们，抓住叫得最欢的一只青蛙的腿，质问道："你还叫不叫了？我让你再叫！"这时，一只鹌鹑落在它面前长满苔藓的土墩上，开始跟它哭诉：

"他不给我饼吃！"

"他是谁？"鹳问道，放开了青蛙，青蛙呱呱叫着，慌忙逃走了。

"希肖！"

"传话下去，让乌鸦去把袋子抢来！"鹳吩咐道。

鹌鹑得令，飞到一棵枯萎的柳树上，找到了两只正在四下张望的黑乌鸦。

"哎！我来传令，你们要是看见个背着袋吃食的小孩儿走过来，立刻把他的袋子抢来献给大王。"鹌鹑对它们喊道。

听罢，乌鸦哇啦哇啦地叫着，张开翅膀，向希肖冲过去。

"别过来！"

希肖牢记着爷爷在等他。他从地上捡起一块石头，作势要打乌鸦，乌鸦见状，悻悻地飞走了。

鹳得知乌鸦没抢到袋子，亲自飞去蓝山，找到啄木鸟，命它召集百鸟。啄木鸟开始啄树传令：

"当当当！大王有令，百鸟来朝！"

此令一出，整座蓝山沸腾了：嘶嘶声、呼哨声、鸣叫声、呱呱声、嘎嘎声不绝于耳，百鸟们从四面八方蜂拥而至。戴着大眼镜的猫头鹰最先赶到，随后依次是小细腿的鹡鸰、山雀和一群麻雀。从附近的村子还跑来了三只火鸡和一只拖着绿尾巴的骄傲孔雀。松鼠坐在老云杉的树枝上看热闹——它很想看看这么多鸟聚在一起要干什么。

林中空地，百鸟们齐聚一堂，鹳给大家讲了事情的来龙去脉。

"我们怎么才能吃到这些东西呢？"它问大家。

第一个献计的是火鸡。它说："咱们就骗他，用一根孔雀翎换他爷爷的午餐。"

孔雀生气了："凭什么是我！我才不给他羽毛呢！你们今天拔一根，明天拔一根，很快就给我拔秃了。"

这时，猫头鹰说："我用叫声来吓唬他吧！"

"你还能吓唬着他？"小山雀说，"你个小家伙，还嫩着呢！还是看我的吧！"

鸟儿们哄堂大笑。

鹡鸰建议："不如给他一只山雀，山雀那么小，也没什么大用处。"

鹳愤怒地看着鹌鸫。

"一只鸟也不给他！"它说。

松鼠突然搭话说："你们想吃黑麦饼、喝热汤吗？"

"想啊！"鸟儿们齐声尖叫着回答。

"如果我能把希肖引诱到树林深处，让你们拿到他的饼和汤，你们能给我多少松子？"

鹳不信任地看着它。

"你连个翅膀都没有，怎么追上他？他都走得很远了。"

"别说这些废话，你就说能给我多少松子吧？"

"一袋子，"鸟儿们回答，然后瞥了一眼鹳，"你能拿走多少，我们就给你多少。"

鹳肯定地点了点头。

身手矫健的松鼠从一根树枝跑到另一根树枝，又从一棵树跳到另一棵树上，很快追上了希肖。它站在一棵老梨树枝上，俯身对希肖说：

"你知道我有什么好玩儿的吗？"

希肖停了下来，问："什么好玩儿的？"

"林中空地上有一棵大橡树，树上挂着秋千，知道谁在荡秋千吗？蜘蛛！你不想看看吗？"

听到"秋千"这两个字眼时，希肖的眼睛一亮。

"可我得先给爷爷送饭去。他都饿了，等着吃饼喝汤呢。"

"这还不简单？我让乌鸦把午饭给你爷爷捎去。走吧，先去看秋千，还有蜘蛛，又大又好看！背上还有黑色十字呢。"

听完这些话，希肖把袋子放到地上，跟着松鼠跑了。他们刚离开，两只乌鸦就抓起爷爷的美味午餐，给鹳送去了。希肖跟着松鼠去荡秋千，摇啊，晃啊，荡了一阵后，都有些累了。蜘蛛倒是不介意，有玩伴一起玩，它可高兴了。

希肖后来回到原地，发现袋子不见了。他这才意识到自己被骗了，哭着往家跑。路过大桥的时候，他又俯身往河里看去，又看见了那个黑头发、招风耳的男孩儿；男孩儿也在看他，也在哭。

此时，鹳和它的百鸟朋友们在密林深处的空地上，肆意地啄食着爷爷的午餐，高兴地唱着歌。松鼠也满意地享用着松子。

甜 面 饼

　　奶奶从炉子里捡出一个刚烤好的甜面饼，用餐布裹起来藏进了仓房。万尼亚和他的小妹妹库妮娅知道饼烤好了，想趁热吃，把家里的角角落落都翻遍了，床底下看了，橱柜翻了，又推开挡板，往炉子里看——看也是白看，哪里都不见饼的踪迹。

　　"奶奶，给我们尝尝吧！"万尼亚请求道。

　　"奶奶，给一小块吃就行！"库妮娅也不断央求着。

　　"嘘！别吵！你们没看见我正忙着呢吗？"奶奶坐在纺车旁不高兴地咕哝着。

　　孩子们不死心，继续翻找。

　　"奶奶，你到底把饼藏哪儿了？"万尼亚再次恳求道。

　　"怎么是我藏的呢？它准是想家了，回去看它老家——麦田了。你没看见它跳出来吗？那不是吗？路上跑着呢，后面还跟着一匹狼。"

万尼亚和库妮娅跑到窗边，把脸贴到蒙着寒气的玻璃上往外看：外面飘着鹅毛大雪，地上、房顶上、树上都蒙上一层白。

孩子们想象着此刻麦田里有多么寒冷、可怕。想着那里有大恶狼出没，虎视眈眈地盯着村子，村子里已经炊烟袅袅，那时大家都窝在暖和的屋子里，谁愿意这会儿去麦田呢！甜面饼就愿意去，它从炉子里跳出来，热气腾腾的，抖掉身上的炭灰后跑了出去，去看生它养它的麦田！

"奶奶，你说的是真的，甜面饼真的回麦田了吗？"

"当然是真的。"

孩子们又趴到窗边往外看。雪还在下，白色的屋顶上，炊烟泛起蓝光。路上几头牛拉着雪橇慢慢地走着，车上装满了木柴。它们过了桥，身影慢慢消失在拐角处。两个孩子回头望向奶奶，奶奶戴着眼镜专心纺线，他们觉得奶奶应该不是在逗他们玩儿，所以开始担心起甜面饼来。

"奶奶，甜面饼怎么回的老家啊？"他们问。

"好吧，给你们讲讲。"奶奶开始讲故事。

甜面饼啊，从炉子里爬出来，先是四下里看看，然后掸掉背上的炭灰，就朝敞开的大门跳了过去。它悄悄地溜到院子里，又出了院子，朝大路上走了。大灰狼一路追着它到桥上，没追上，咱们的饼啊，像兔子一样健步如飞。大灰狼眼看着怎么也追不上它，对它嚎了三声，便灰溜溜地回家了。小饼穿过田野，来到一片树林，刚好遇到一匹狼从林子里出来，那狼啊，三天滴水未进了，两眼放光饥渴地看着小饼，伸出爪子一下就摁住了它，可是饼太烫了，它不得不又赶快松开。

"别动！往哪儿跑？我饿了，要吃你。"

"等一下，狼大哥。你别急！我现在这么烫，你怎么吃呀！你容我去看看我出生长大的家乡，等回来再吃我也不迟。"

笨狼居然相信了它的话，放走了小饼，还坐在小路上等它回来。小饼赶忙跑了，它顺着一条小路翻过了一座又一座山，最后终于找到了那片广阔的麦田。田中央长着一棵野梨树，树枝伸展，银装素裹，亭亭玉立。树旁还有一口冻井。

脸冻得通红的小饼俯身贴在大地上，低声问："小种子，你在吗？"

"我在呢！"一个细小如蜜蜂嗡嗡的声音回答道。

"你在冬眠吗？"

"没，我没冬眠。我可暖和了，身上盖着厚厚的雪被呢。"

小种子在雪下的被窝里安心地躺着，哪里知道外面多冷多可怕。麦田四周都被密林包围，密林里阴森恐怖，寒风凛冽，树木哀号。

"你饿吗？"小饼问。

"不饿。"

"那就安心躺着吧。等春天到了，冰雪融化了，夜莺在林子里吟唱时，你会长出一根长长的茎，茎上会慢慢结出一个沉甸甸的穗子，穗子上会长满麦粒，麦粒会堆满谷仓，再被送去磨坊，磨成面粉，面粉再烤成大饼、小饼、面包圈和甜甜圈。"

雪下的种子暗暗发笑，想着这个甜面饼可真能胡说！麦粒变成饼和面包？怎么可能！小种子真是年轻啊，没见过什么世面，哪能相信甜面饼的话呢！

甜面饼动身回家了，它绕过树林，穿过山谷，越过草地，一路走回到村子。

"那狼呢，奶奶？"

"那匹傻狼还蹲在森林小路上等着它呢，冻得瑟瑟发抖，直打寒战。后来一阵大风刮过，把狼给卷走了。你们看看，咱们的小饼，多聪明！把恶狼都给骗过了。"

这时，大门吱呀一声开了，满载着柴火的雪橇进了院子。

"万尼亚，快去，爸爸回来了！"

"呀，爸爸，你怎么浑身都是雪？"

"库妮娅，爸爸在外面挨了一天的冻，快去给他倒点儿热水暖暖手。我现在要去仓房看看咱们的甜面饼凉没凉。"

天上下石头啦！

从前，有只大公鸡，红冠、绿尾、黄爪。别看它整天傲慢地在院子里踱着步，其实啊，就是个胆小鬼：怕大尾巴狗，怕长耳朵驴，还怕跛脚猫。

但凡有个什么风吹草动，公鸡就吓得呼扇翅膀，喔喔大叫着满院子乱飞。

有一次，公鸡在桑树下刨土啄食。突然，一阵微风吹来，把最下面树枝上的桑葚吹下来一颗，掉在公鸡背上。

我们的公鸡吓坏了。

"啊！谁打我？"

"谁打你呀！那是天上下石头啦！"风开玩笑说。

公鸡喔喔惊叫着飞跑出去。它越过篱笆，飞过屋顶，一溜烟儿跑出村子。迎面遇到了一只绿头鸭，鸭子问它：

“你跑什么，公鸡？”

“天上下石头啦！快跑啊，要不就给砸死了！”公鸡气喘吁吁地回答道。

“什么！”绿头鸭惊叫了一声，紧跟着公鸡跑起来。

公鸡在前面跑，鸭子跟在后面，公鸡跑，鸭子跑。它们跑呀跑，在路上又遇到了一只刺猬。

“你跑什么，公鸡？”刺猬努着尖鼻子问它们。

“你去问鸭子！”公鸡回答。

“你跑什么，绿头鸭？”刺猬又问鸭子。

“你还不知道呢？天上下石头啦！快跑吧，不然就给砸到啦。”

于是，逃跑的队伍又变大了：黄爪大公鸡后面跟着绿头鸭，绿头鸭后面又跟着小刺猬。它们跑呀跑，腿都快跑断了。

不知跑了多久，又遇到了一只快腿兔子。兔子问公鸡：

“你跑什么，公鸡？”

“你问鸭子！”

“你跑什么，鸭子？”

“你问刺猬！”

“刺猬，你快说，你跑什么？”

“你还不知道呢？天上下石头啦！快跑吧，大难临头啦！”

快腿兔子跟上了它们。逃跑队伍增加至四个成员了。还记得都有谁吗？黄爪大公鸡、绿头鸭、小刺猬和快腿兔子。它们跑到了树林，刚到那里，迎面遇到了狐狸妹妹。

　　"你跑什么，公鸡？"狐狸妹妹问。

　　"问鸭子！"

　　"你跑什么，鸭子？"

　　"问刺猬！"

　　"你跑什么，刺猬？"

　　"问兔子！"

　　"你跑什么，兔子？"

　　"怎么能不跑呢，天上都下石头了！"

　　"我的天哪！"狐狸一拍手惊叫着，然后紧紧地跟住它们跑起来。

　　逃跑大军变成五个成员了：黄爪大公鸡、绿头鸭、小刺猬、快腿兔子和狐狸妹妹。

　　它们跑啊跑，跑啊跑，又遇到了一只大灰狼。

　　"你跑什么，公鸡？"大灰狼问。

　　"问鸭子！"公鸡回答。

　　"你跑什么，鸭子？"

　　"问刺猬！"

　　"你跑什么，刺猬？"

"问兔子！"

"你跑什么，兔子？"

"问狐狸！"

"你跑什么，小狐狸？"

"我怎么能不跑呢，"狐狸妹妹回答，"你还不知道吧？天上下石头啦，快跟我们一起跑吧！"

"嗷——呜！"大灰狼叫了一声也跟着大家跑起来。

逃跑大军有六个成员了。还记得都有谁吗？黄爪大公鸡、绿头鸭、小刺猬、快腿兔子、狐狸妹妹和一匹大灰狼。

它们跑啊跑啊，跑进了一片林中空地，在那里遇到了一只瘸腿熊。

"你跑什么，公鸡？"瘸腿熊咆哮道。

"问鸭子！"

"你跑什么，鸭子？"

"问刺猬！"

"你跑什么，刺猬？"

"问兔子！"

"你跑什么，兔子？"

"问狐狸！"

"你跑什么，小狐狸？"

"问大灰狼！"

"小灰狼，快说，你为什么跑？"

"那是因为……因为大家都在跑。"大傻狼回答，自己都忘记了为什么跟着大家一起跑了。

"啥？大家都跑了？那我也得跑！"瘸腿熊说着跟上了队伍。

逃跑队伍增加至七个成员了：黄爪大公鸡、绿头鸭、小刺猬、快腿兔子、狐狸妹妹、大灰狼和一头瘸腿熊。

它们跑啊跑，跑啊跑，突然前面一个大坑挡住了去路。

"这怎么办呀？"大公鸡问道，"咱们往回走吧。"

"你说什么呢？"狐狸喊道，"都跑出这么远了，可不是为了往回跑的！"

"这不是有个大坑嘛！"鸭子嘎嘎说。

"跳过去呗！公鸡，你先跳，你不带头的嘛！"

"咕——咕——咕！"公鸡大叫着张开翅膀跳过了坑。

鸭子在它身后拍打翅膀，也越了过去。

兔子跑得快，跳得也高，不仅跳过了坑，差点越过了整片森林。

轮到刺猬了，它拖着它的小短腿，使劲儿迈出一大步，又迈出一大步，然后蜷缩着，砰的一声掉进坑里了！

"它们是怎么跳过去的呀？"狐狸问了声，使出浑身解数往前冲，结果也掉到了坑里。

大灰狼也没能幸免，瘸腿熊更是一头栽进了坑里。

"怎么这么倒霉！"坑底的它们面面相觑！

三天三夜过去了。到第四天的时候，狐狸说：

"我饿了。"

"我也是！"狼咬牙切齿地说。

"我也是！"熊吼道。

只有刺猬不说话。

"该吃谁呢？"狼问。

"吃最小的呀！"狐狸回答道，看向刺猬。

"抓住它！"大家号叫着冲向刺猬。

刺猬立刻蜷缩成一团，竖起身上所有刺针。它们三个抓住了刺猬，又慌忙地放开它。

"啊——啊——啊，它扎我！"狐狸咕哝着说。

"也扎我了！"熊呻吟着说。

"也扎我了！"狼呜呜说。

深坑里一片安静，它们一动不动地坐了一整天。当夜幕降临，三头困兽呲起獠牙，开始了厮杀。也不知是谁吃了谁，天太黑了，刺猬瞪大了眼睛也看不清楚。但到了早晨，坑里既没有狼，也没有熊，狐狸也不见了。

刺猬琢磨：就剩下自己了，怎么出去呢？这时，两个大翅膀遮住了头顶的天空。

是一只老鹰！刺猬吓了一跳，赶紧竖起了全身尖刺，不想，老鹰对它喊道："别害怕，刺猬！我不是来吃你的，是来救你的，你是个好刺猬。你记不记得，去年夏天，你吃了一条蛇？那蛇刚爬上我悬崖边的窝里，想吃我的小鹰们，是你救了我的孩子们，我是来报答你的。"

　　鹰飞到坑底，抓起刺猬，小心地把它放回到草地上。

　　刺猬高兴极了，慢悠悠地走回到自己的洞里。

　　跳过大坑的公鸡、鸭子和兔子又傻傻地跑了整整一天，累坏了，面面相觑，意识到自己可能搞错了，异口同声地说："天上应该不会下石头了吧！"说完，公鸡和鸭子便悻悻地回村里去了，快腿兔子也回到了森林里。

没良心的孩子

母亲从水井边回来，担着扁担挑了两大桶水。她浑身都湿透了，衣服还滴着水，身体吃不消，着凉了。回到家，她倒好水，把水桶挂回到架子上，走到火炉前说：

"孩子们，给妈妈腾个地儿烤烤火。真冷啊，我累得都快站不住了。外面这大雨下得呀，河里涨水把桥都给冲走了，快给妈妈个地方烤烤火！"

四个孩子围坐在炉子旁，光着脚、伸着手烤火，手脚被烤得热乎乎的。

大儿子转过头对妈妈说："妈妈，我可不能给你让地方。放学回来路上我的鞋破了个洞，脚全弄湿了。我得烤烤火。"

二儿子说："妈妈，我也不能给你让地方。今天上课的时候，帽子掉在地上，蹭破了，放学的路上我的头都被浇湿了。不信你摸摸！"

"妈妈，我在哥哥身边可舒服了，不想起来！"三女儿懒洋洋地说道。

小儿子大声喊道："谁让你下雨天还出去，浇成落汤鸡了吧！"

孩子们暖暖和和，开心地有说有笑，旁边挨冻的母亲伤心地摇了摇头，默默地去厨房给孩子们做饭了。等着面团发酵的工夫，湿漉漉的衬衫粘在背上，她冻得直打冷战。深夜，母亲给炉子里添了把柴火，把发好的面团放进去烤，烤好了用铁铲铲了出来，放在架子上，又用自己的皮袄盖住。忙碌了好一会儿，母亲才轻声躺下，吹灭了灯。孩子们并排睡得很香，母亲却难受得合不上眼，头疼，浑身发冷。夜里，她喝了三次凉水，还时不时用凉水拍额头。

早上，孩子们起床了。他们把水桶从架子拿下来，开始收拾洗漱，用光了水；几个小家伙分别撕块软面包，塞进书包，上学去了。家里只留下了不上学的小儿子和病着的母亲。

这一天过得异常漫长。母亲病得起不了身。她的嘴唇烧得都裂了口子。下午，三个孩子从学校回来，进屋时还"砰"地摔了下门。

"哎呀，妈妈，你怎么还躺着呢，怎么没起来做饭呢！"三女儿责备道。

"亲爱的孩子们，"母亲用微弱的声音回答，"我病得很重，嘴唇都干了。早上你们把水桶里的水都用掉了，一滴也没给我剩下。快拿陶罐去给我打点井水喝吧！"

大儿子回答说："我不是跟你说过嘛，我的鞋破了，打水会把脚弄湿的。"

"你忘了我的帽子破了吧。"老二说。

"妈妈你真搞笑！"老三说，"我作业还没写完呢，怎么给你打水呀？"

此时，母亲的眼睛里已经噙满了泪水。小儿子知道母亲伤心了，拿起罐子就往外跑，但被门槛绊了一跤，摔碎了罐子。大孩子们只是叹了口气，径自转身去架子上翻找吃食，切了几片面包，吃完，没事儿人似的溜到外面玩去了。只剩下小儿子，因为他没有鞋子穿，只能自顾自地在蒙着水汽的窗户玻璃上画小人儿。

母亲欠起身子，看着外面说："我要能变成一只鸟就好了，要是我有翅膀，就飞走了，不要这些没良心的孩子了。我连个面包渣都舍不得吃，给他们留着，可他们连给我端杯水都不愿意。"

话音刚落，奇迹发生了：这个病恹恹的女人变成了一只杜鹃。小儿子看见母亲变成了鸟，还挥舞着翅膀，光着脚就跑出去喊道：

"哥哥姐姐，不好啦！快回来呀！妈妈变成鸟要飞走啦！"

大孩子们听到这话，吓得撒腿就往家跑，刚到家，就见妈妈正从家里飞出来。

"妈妈，你要去哪儿啊？"孩子们异口同声地问道。

"我要走了，不要你们了，你们这些坏孩子！"

"妈妈！"四个孩子一起喊道，"快回家吧，我们这就给你打水去。"

"太晚了，孩子们。我现在已经不是你们的妈妈，是一只自由自在的鸟了。我要去喝清甜的溪水和山泉水，再也不回来了。"

说完，它腾空而起飞远了。

孩子们尖叫着跟着它。它在天上飞，他们便在地上追，追了九天九夜，翻山越岭，披荆斩棘，跌倒了，再爬起来，手脚都刮破了，嗓子也喊哑了。晚上，杜鹃妈妈飞累了，找了棵树落脚休息，"布谷——布谷——"地叫着，孩子们则挤成一团，在树下守着妈妈。

到了第十天，杜鹃妈妈鼓翼起飞，进了密林，再也没了踪影。

孩子们寻不到妈妈，只好回到了村子。妈妈不在了，家里也空空荡荡的。后来，杜鹃妈妈决定再也不筑巢，也不孵蛋了，现在还在四处漂泊，落寞地发出一声声的"布谷——布谷——"蛋也都下进别的鸟窝里。

宝　石

帕维尔爷爷是个牧羊人，家里养了十来只羊，住在石片瓦屋顶的茅屋里，屋里虽然灯光昏暗，却有一鸭一猫一油灯陪伴他。

一次，帕维尔爷爷把羊群赶到森林边的草场，忽然听到林子里传来尖叫声，又好像哀号般的凄厉笛声。他走进灌木丛，想看看到底是怎么回事，却看到着火了，一只花花绿绿的小蜥蜴围着烧焦的树桩乱窜，吓得吱吱叫。

看到爷爷后，它乞求道："好爷爷，快救救我！"

爷爷回答说："孩子，爷爷也想救你，可是爷爷也不敢往火坑里跳呀，爷爷也怕火烧到脚啊！"

"那你把棍子递给我，我抓上它，你拉我出去吧。"

爷爷递出他的长牧羊棍，小蜥蜴抓住它，终于得救了。

"爷爷，你救了我的命，我要好好报答你！"小蜥蜴喘着粗气说，"请跟我来。"

"你怎么报答我呢？我倒要看看。"

"我是蜥蜴王子，"小蜥蜴说，"我父王的王宫在又深又黑的洞穴里，它的王冠上镶着九颗宝石，九颗像太阳一样闪闪发光的宝石。让我送给你一颗吧。"

小蜥蜴爬下山坡，爷爷跟在后面。他们走啊走啊，终于走到了山洞。

"你在这里等着，我去拿宝石！"小蜥蜴说。

帕维尔爷爷坐下来开始等。天色渐晚，爷爷依然等着，等到天都黑了。最后，小蜥蜴终于出现了，嘴里叼着一颗宝石，把四周都照亮了。树上已经睡着的鸟儿以为太阳出来了，都睁开了眼，开始振翅准备起飞。

"爷爷，拿上宝石回家吧！"小蜥蜴说，"到了家，你想要什么，用它敲三下地，念'变……'，它就能给你变出来。"

帕维尔爷爷接过宝石，仔细打量一番，这宝石足有榛子那么大。他把这个谢礼放进口袋，便回家了。到家的时候，羊群已经站在围栏边等着他了，小猫和小鸭也在门口等着。

爷爷拨开羊群走进屋里。他刚拿出宝石，整个屋里立刻亮堂起来，小猫和小鸭都被晃得睁不开眼。晚饭时，帕维尔爷爷心里寻思："我现在什么都有了，茅屋、绵羊和奶酪，现在还有这颗大宝石给我照亮，满足了！还想什么呢？"

晚上他躺在床上，翻来覆去睡不着。想着：要不试试？肥肉都到嘴边了，难道不吃？就看看好不好使嘛！要不先要个大理石宫殿？

帕维尔从架子上拿下宝石，敲了三下地，说：

"变个大理石宫殿！"话还没说完，小茅屋就不见了，取而代之的是一座美丽的大理石宫殿。墙壁是镜子，餐具是纯金的，桌子和椅子是象牙的。环顾了一圈后，爷爷惊呆了，躺到羽绒床上，把宝石紧紧抱在怀里。

这时，邻居伊万来了。

"我怎么也睡不着，"伊万说，"就想来找你说说话。你这是拜了哪路神仙呀！谁给你盖了这大房子，我都不敢信！"

"大宝石啊，还能是谁！"

"什么大宝石？给我看看！"

爷爷从怀里拿出宝石，递给伊万。他左看看，右看看，问道：

"就这么个小石头给你盖了这么大的房子？"

爷爷听完，把石头放回怀里。他们又说了会儿话，直到两人哈欠连天。"今天就住在我这儿吧！"爷爷对伊万说。

"那我睡哪儿？"

"就睡在我边上吧。"

伊万挨着爷爷躺下，等爷爷睡着了，他便把手伸到爷爷怀里掏出了宝石，在地上敲了三下，说：

"变四个巨人，把宫殿抬到多瑙河那边！"

他还没说完，四个巨人就出现了，把宫殿抬起来，搬走了。伊万急忙跟上他们，把宝石也拿走了。早晨，爷爷醒来，发现宫殿没了，宝石也没了。只剩下羊圈、一只小猫和一只鸭子。爷爷难过地落了泪，绵羊惋惜地咩咩叫，小猫和小鸭也不禁替爷爷难过起来。

"咱们去多瑙河吧，把爷爷的宝石拿回来。"小猫说。

"走！"鸭子说。

于是，它们出发了，也不知走了多久，穿过了整个平原，终于来到了宽阔平静的多瑙河边。

"我会水，"鸭子说，"你不会，你趴在我背上，我带你过去。"于是，小猫爬到朋友背上，鸭子下水带着猫咪游过了河。它们来到宫殿，在花园里等到天黑，从敞开的窗户直奔伊万的卧室。此时，伊万睡在羽绒床上，竟然把宝石藏在舌头底下。别问小猫和小鸭怎么猜到宝石在哪儿的，顺着光就知道石头在伊万的嘴巴里了。

"怎么能把宝石从他嘴里掏出来呢？"小鸭子问。

"我把尾巴伸到红辣椒罐里，再把尾巴放在伊万鼻子上，伊万打个喷嚏不就把宝石喷出来了吗？"说干就干，小猫把尾巴放在红辣椒罐里，又在伊万鼻子上扫了几下，伊万果然打了个喷嚏，把宝石喷了出来。小猫叼起石头就跑，小鸭紧跟其后。它们跑到多瑙河边。小猫跳到小鸭的背上，小鸭驮着小猫开始往回游。游到河中央的时候，鸭子说：

"到底是个什么宝贝？给我看看呗。"

"现在不行，怕掉到水里，等到了岸上再看。"

"现在就给我看，不然我就扎进水里把你淹死！"鸭子大声恐吓道。

小猫吓坏了，喵喵叫道："给你，接住了！"

小鸭一下没接住，宝石掉进河里，沉入水中了。

小猫和小鸭爬到岸边哭了起来。

一个渔夫拿着鱼竿经过，问他们：

"你们哭什么？"

"我饿了！"小猫回答。

渔夫甩竿入水，钓上一条大鱼，丢给了小猫和小鸭子。

"拿去吃吧，"他说，"别再哭了。"

于是，小猫和小鸭把鱼拖到灌木丛里吃，在鱼的肚子里发现了……你们猜猜发现了什么？是宝石！原来，宝石掉入水里的时候刚好被大鱼给吞进了肚子里。两个小伙伴带着宝石欢欢喜喜地往回跑，一路穿过平原，跑回爷爷的羊圈。爷爷现在还躺在地上哭呢。小猫和小鸭忙把宝石放在爷爷眼前。爷爷看到宝石，立刻擦干了眼泪。他拿起宝石在地上敲了三下，喊道：

"把伊万装袋子里给我绑来！"

说罢，绑伊万的袋子就出现在了他眼前。帕维尔爷爷操起棍子狠狠地揍这个小偷，把他打得鼻青脸肿，才解开袋子，让他滚。

随后，爷爷把宝石装进小袋子里，说：

"我可不要什么大房子了，要不伊万又惦记着来偷了。我的'好'邻居是什么德行我算是领教了……"说完，就出去放羊了。

此后，每天晚上，爷爷都会把宝石掏出来放在架子上给屋子照亮。很多年后，爷爷去世，小蜥蜴爬进小屋取回了宝石。

勇敢的兔子和母狼

森林里住着一窝狼。窝就安在一个百年橡树的树洞里，那是母狼用厚厚的苔藓絮起来的。窝里养着三只小狼。小狼们厮咬玩闹，还不时往洞口张望，盼着妈妈快快回来。母狼出去有些时候了，在羊圈旁边蹲了一夜，又在林子里转悠了一天，为了能找到吃的，养活孩子们，它只能把小狼们独自留在窝里。

有一天，我们的长耳朵朋友——兔子扬科路过狼窝。它和别的兔子一样，都觉得自己长着长耳朵很了不起。扬科看到窝里的小狼们，喊道：

"狼崽子们，你们妈妈在家吗？"

"它出去找吃的啦！"小狼们齐声回答。

"别让它遇上我，不然我一定胖揍它一顿，让它记一辈子！"说罢，扬科甩了下长耳朵，跑开了。

晚上，小狼们跟妈妈告状，一五一十讲兔子怎么欺负它们！

狼妈妈教孩子们："要是兔子再敢来，你们就跟它说：'你好大的胆子，还蹬鼻子上脸了，落在我妈妈手里有你好看！'"

第二天，狼去羊圈蹲守了，兔子扬科又来到了狼窝。

"哎！小狼们，妈妈在家吗？"它敲敲窗户问。

"没在家！"小狼们回答，"你找妈妈干什么？"

"我腿痒痒，要拿它练练，狠狠踢上它一顿，让它见识见识我的厉害！"

扬科甩着大长耳朵，张牙舞爪的样子把小狼们吓得直哆嗦，蜷缩在洞底。

晚上，它们又把白天的事都告诉了妈妈。母狼气坏了，决定第二天不去猎食，专门躲在洞里等长耳朵扬科。第二天天一亮，扬科就蹦蹦跳跳地来到了狼窝前，对着窗户喊道："小狼们，你们妈妈在家吗？"

"在家！这回在家了！"小狼们叫了起来，"看它不把你撕碎。"

兔子还没来得及说："不好！我的长腿，快跑！"母狼已经一个箭步冲出来追上了它，可怜的兔子无处可逃，眼看着就要被母狼抓住了，突然两棵树挡住了它的去路，树紧紧

勇敢的兔子和母狼　　**059**

连在一起，只留下一条窄窄的缝隙。扬科使劲儿穿过缝隙，紧追着它的母狼却被卡住了，兔子一看，趁机折下一根树枝开始抽打母狼，一遍又一遍，直抽到手都酸了。母狼用尽全力从树缝里挣脱出来，继续追赶兔子。扬科越过树丛，一路狂奔，母狼紧追不放。扬科跑到一片泥泞的沼泽地。"怎么办？母狼追上来还不把我吃了！好吧！就让它吃吧，吃它个满嘴泥。"它想着，然后毅然走向了沼泽。兔子刚上岸，母狼喘着粗气也追了上来。它看着浑身是泥、连耳朵都被泥压得耷拉下来的扬科，却没认出来。

"你是谁，脏东西，癞蛤蟆还是水老鼠？"母狼问。

"我是水老鼠！"扬科回答。

"哦，那你跟我说，看没看见一只长耳朵的兔子跑过来？"

"谁？你是问长腿扬科？"泥兔子问道，"就是那个把你卡在树缝里又打了你一顿的兔子？是它吗？"

"你怎么知道？"母狼惊呆了。

"不只我知道！全森林都知道了！"扬科回答说，边说边笑得浑身颤抖。母狼觉得太丢脸了，恨不得找个地缝儿钻进去。它转身就往回跑，直奔狼窝，窝在小狼身边，白天再也不好意思在树林里露面了。

之后，扬科偶尔路过树洞的时候，隔着很远的距离就大喊：

"狼崽子们，你们妈妈在家吗？"

这时，母狼则捏着嗓子模仿小狼的声音回答它：

"不在家！"

听完，长腿兔子扬科总是故意在树洞前挥一通拳头，才肯离开。

蜂鸟和大象

　　海的那一边，在很远很远的马达加斯加岛上，住着一只小鸟。孩子们，你们可能对这种小小的鸟儿一无所知，这种只栖息在南方温暖国度的鸟儿叫蜂鸟，是比蜜蜂个头儿还小的鸟，所以鸟类学家给它命名为蜂鸟。

　　神奇的造物主大自然赐予蜂鸟华丽的外衣：樱桃般鲜红、琥珀般金黄、树叶般翠绿……五颜六色的蜂鸟们站在树枝上的时候，仿佛树都开花了。阳光照耀在它们身上，它们也似宝石般闪闪发光。

　　蜂鸟虽然长得小，但是却和小孩子一样自认为个头儿很大。

　　我们这只马达加斯加的小岛民把巢筑在了路边小树的树叶上，此路通往大森林，大森林里住着一头大象。蜂鸟在它顶针大小的窝里下了三个苹果籽般的蛋，不久后又孵出了三只小蜂鸟。蜂鸟宝宝更小了，连妈妈给它们逮到的小蚊子都只能勉强吞下。

有一次，蜂鸟妈妈早早起来，对孩子们说："宝贝们，好好待在窝里，别乱动，我很快就回来。"

"你要去哪儿？"孩子们问。

"去契基达瓦村，村子里香蕉树开花了，给你们采点香蕉花蜜粥回来吃！你们一定要好好听话，紧紧靠在一起，睡上一觉妈妈就回来了！"

蜂鸟妈妈飞走了，蜂鸟宝宝把头扎进暖和的窝里，睡着了。

这时，大象从林子里走出来，它扬起长鼻子慢慢地走着，大地在它脚下震颤不已。它走到河边，看到了蜂鸟筑窝的小树，便停下来蹭鼻子，树枝被蹭得摇晃了一下，摇下一滴露珠，掉到蜂鸟窝里，蜂鸟宝宝们被惊醒了，吓了一跳。

"发水啦！"可怜的蜂鸟宝宝们被浇成了落汤鸡，尖叫道。它们伸出头看到了大象，吓得瑟瑟发抖，大象还在蹭着它的长鼻子，鼻子把树都压弯了。

"谁啊谁啊，快停下来！你在干什么呀？我们都快掉下去了！"三只小鸟齐声大喊道。

"谁在我头顶上嗡嗡嗡嗡叫呢？"大象问道，扬起的长鼻子正对着鸟窝。

看到落汤鸡般的小可怜们，大象被逗得扑哧一笑，一只小鸟又被它呼出的大风般的粗气给吹了起来，掉到地上后惊呼："哇——哦！"

大象的鼻子终于不痒了，于是继续往前走。

蜂鸟妈妈很快回了家，它把掉在地上的孩子叼回窝里，问道："怎么回事？"

"哎呀，妈妈，你可没看见咱们家来了个多大的怪物啊！"孩子们喊叫起来。

"大怪物？"

"大大的怪物！长着两条尾巴，前面一条，后面一条！"

"长什么样儿？有多大？有我这么大吗？"

"大多了！"

蜂鸟妈妈竖起全身羽毛，拉开阵势。

"再说一遍，孩子们，比我这样还大？"

"比你这样还大！"

"怎么可能比我还大？你们这些小傻瓜！"蜂鸟妈妈又使劲儿挺胸，羽毛竖得更高了，不甘心地问，"有这么大吗？"

"不，不，妈妈，比这样还大！"

"哎，宝贝们！真被你们笑死了！这世上还有比我还大的动物吗？你们睁大眼睛好好看看，我张开翅膀能把咱们整个窝都给遮住，你们说的这个大怪物下次再来的时候一定马上叫我！"

"叫你干什么呀？妈妈！"

"看我不咬死它！"

蜂鸟宝宝们听完笑了，但是为了不让妈妈难堪，连忙用翅膀捂住了嘴巴。

小野花也有春天

春天，不知哪里的风带来一粒种子，落在梅达尔科爷爷养蜂场的泉水边。它又在石头后面一块松软土壤里安顿下来，生根，发芽，长出了两片蝴蝶翅膀般的绿叶。它不知道旁边还有一棵南瓜，南瓜粗壮的藤蔓攀爬到篱笆上，绿叶如茵。长久以来，它们和平地相处着，突然有一天，南瓜低头看见自己根茎旁边居然长出一棵小苗，便愤愤地抖动着叶子喊道：

"喂！你在这儿干什么？知不知道这是我的地盘！是谁让你在我的地界蹭吃蹭喝的？"

小苗害怕地说："我就是一粒种子，是风儿把我带到这里，我才留下来的！"

"快离开这儿！不然，我就用大叶子给你遮个不见天日，遮到你饿死渴死为止！"

小苗听到南瓜的威胁，吓得要赶快逃跑，无奈根已经深扎入土里，可它又害怕得不行，怕再被南瓜看见，只好躲到石头后面去。一场春雨过后，温暖的阳光烘干了被雨打湿的鸟窝，梅达尔科爷爷种的向日葵在春雨的滋润下开始向太阳昂起头，蜜蜂都争相过来采蜜。南瓜藤已经爬满了整片篱笆，最高的藤上长出一颗小小的瓜，开始就像个小黄瓜那么大。小南瓜很快长大成熟了，南瓜妈妈乐坏了，对着日渐变黄的南瓜说："哎呀，我的美宝儿！看看我生出了世上最美的南瓜！"

　　躲在石头后面的小苗却不敢这么肆意生长。

　　有一天，一只小鸟落在石头上，打磨尖嘴的时候看见石头后面的小苗，对它说："哎！小家伙！你干吗躲在石头后面呀，不晒太阳你会着凉的，你得快长个儿呀，要向阳啊！"

　　"我害怕！"小苗回答。

　　"害怕谁？"

　　"南瓜！它不容我！"

　　"别怕它！它再也不会往下看了，它这个高高在上的家伙早把你忘在脑后了！"

　　这时，一头驴经过，开始蹭篱笆止痒。

　　"哎！驴子！"南瓜妈妈冲驴大喊，"快看看我的女儿！是不是比太阳还好看？"

"哪有太阳好看！"驴冷冷地回答。

"真是没眼光！"南瓜愤愤地说，"早晚有人扒了你的皮做鼓！"

"你闭嘴吧！"驴说道，"我正好饿了，把你的女儿吃了怎么样？"

"真该死！"南瓜开始咒骂，气得整片篱笆都跟着颤抖！

夏天过去了。小苗听了小鸟的话，努力向阳生长，舒展枝叶。温暖的太阳给了它三天阳光，第四天，它的茎上长出了花苞，花苞盛开，开出了一朵蓝色的花，犹如孩童灿烂的笑容。向日葵花盘也长大了，蜜蜂采的蜜，蜂巢都快装不下了。

一天，一个赶路人在泉边歇脚，他穿着敞领口的衬衫，白色上衣，一头白发。一个扎着蝴蝶结的黝黑小女孩儿朝他跑过来喊道："爸爸！别喝凉水！"

"怎么了？"爸爸问道。

"你累了，得先好好休息！"

父亲应声坐到草地上，女孩儿则透过篱笆往养蜂场里看。

"这么多蜂房！爸爸，给我买点蜂蜜吧！"

"买，但是你今天还什么都没送我呢！"

"那你要什么呢？"女孩儿琢磨着，开始四下张望，看见了石头后面那朵蓝色的花，"哎呀"一声后，俯身把它摘了下来，跪在爸爸面前把花别在他左胸，别在爸爸心脏跳动的位置上。

"好看吗，爸爸？"

"好看！"

爸爸的心跳平稳有力。

听到怦怦的声音，蓝花问："是什么在响？"

"是我，我是这个人的心！"

"这是个什么人啊？"

"他呀，是个成天给孩子们写书、讲幽默故事的人。他可有名了，肖像画都被挂在好多学校里呢，政府还给他发奖。你都不知道，他多喜欢孩子！"

"那他也能喜欢像我这样的花朵吗？"蓝花怯生生地问。

"肯定是满心喜欢！"

"那他会怎么对我呢？"

"会把你带回家，插在花瓶里，写作的时候慢慢欣赏你！"

"那我真是这世上最有福气的花儿了！"小蓝花欢呼道。

此时，爸爸转头看向蜂房，小蓝花也被转向蜂房方向。

而那头扬言要吃掉小南瓜的驴，彼时用力扯着南瓜藤，把小南瓜给扯掉摔在石头上，正甩开腮帮子大吃特吃呢。

"啊——啊——啊！"南瓜妈妈绝望地呼号，"驴把我的宝贝女儿给吃啦！我女儿可是这世上最好看的南瓜！"

"好瓜配好脑，最好看的南瓜就应该给最聪明的头脑吃！"驴故作深沉地说，说完，又继续大快朵颐！

赶路人别着蓝花，满心欢喜地笑了笑，往家走了。黝黑的小女孩儿紧紧牵着爸爸的手。

蟋蟀打光棍儿

　　蟋蟀背着它的嘎杜尔卡琴①外出闯荡，一路给黑甲虫们唱歌，逗它们开心。这一走就是九年。九年间，它穿过田野，爬上一棵棵大梨树，把自己的音乐传遍了四面八方。

　　一次，它一时兴起，在大梨树枝上跳起手帕舞②，坎肩上的纽扣被挣掉了。可居然没有人想着帮我们的"大音乐家"把扣子缝上，大音乐家心里很不是滋味。于是，它决定要娶亲，给自己找个勤快的媳妇儿，让自己媳妇儿给缝扣子。把嘎杜尔卡琴挂到梨树上后，蟋蟀奔着水井出发了。到了井边，它找了块小白石头坐下来等。晚上，满天繁星，美丽的黑甲虫们提着小桶成群结队地来井边打水，蟋蟀连忙擦

---

① 保加利亚民间乐器，这里指蟋蟀的发音器官。
② 保加利亚民间舞蹈。

亮眼睛，千挑万选，相中了一只最黑的甲虫。它看了一眼那虫子，对方也看了它一眼，蟋蟀冲虫子笑了笑，虫子也回它一笑。蟋蟀拿下了虫子手里的花，把母亲的戒指当作信物给它戴上。它们两个就这样定了终身。

之后，蟋蟀马不停蹄地赶路回家，想告诉妈妈自己要娶亲了。

路上遇到一只黑乌鸦，它问蟋蟀：

"你去哪儿？"

"去准备婚礼啊。"

"谁娶亲啊！"

"我呀！"

"娶谁呀？"

"井边白石头下面的黑甲虫。"

"什么？你要娶个屎壳郎！真晦气！快离我远点儿，小心我吃了你！"

"千万别吃我呀！"蟋蟀开始乞求乌鸦，"开春的时候，等你的孩子孵出来，我每天晚上都飞过来唱歌弹琴哄它们睡觉还不行吗？"

乌鸦琢磨了一下，说："行！要是你唱歌弹琴真能把我孩子哄睡，我就不吃你！"

蟋蟀这才脱身回到了家，一进门，便吻了吻妈妈的手。

"孩子呀，你怎么才回来呀！"妈妈埋怨它，难过得红了眼，"就知道在外面闯荡，光顾着哄别人高兴，把自己可怜的老妈妈都忘到脑后去了！"

"妈妈，儿子错了！"蟋蟀赶紧给妈妈赔不是，又说了要娶亲的事。

"拿什么娶亲呀？家里一粒粮食都没有，老鼠闲得都玩上'跳山羊'了。会亲家怎么也得烤上九个面包当见面礼吧，拿什么烤呀！"

"没事儿，妈妈！"孩子安抚妈妈，"都交给我来办！"

蟋蟀跑回去找媳妇儿，交给它一个彩色的水壶，让它去通知蟋蟀和甲虫们参加婚礼，然后套上牛车去往大柳树。此时已是深秋，地里庄稼早收完了，连个秸秆都不剩，只剩下一地金黄的庄稼茬儿。蟋蟀跑遍了整片地，才找到了一个瘪麦穗，赶紧爬上去，打下麦粒装到车上往回赶。路上又遇到了一只蚂蚁，一只顶坏顶坏、目露凶光的蚂蚁。

"你怎么没嘱咐你那恶心人的媳妇儿请我去参加婚礼呢？没有我，谁给你们跳手帕舞助兴呢？"

蟋蟀被问得哑口无言。

可恶的蚂蚁不依不饶，趁机挡住去路，等牛车从它身上轧过的时候，它一使劲儿硬是把牛车给掀翻了，麦子撒了一地。这时，呼啦啦冲上来一群如狼似虎的鸟立时把麦子都抢光了。苦命的蟋蟀哭了，没有回老母亲那儿，又走回到大梨树，取下它的嘎杜尔卡琴。

从此以后，蟋蟀就打起了光棍儿。坎肩上的扣子终究也没有人帮它缝上，它依然拉着那把嘎杜尔卡琴，只是歌声再也不欢快，充满忧伤，夏夜田野里常常能听得到。

勇敢的公鸡

佩索爷爷骑驴摇摇晃晃地从集市回来，边走边哼着小曲儿，走到村子旁小河上的木桥时，他两脚用力一夹，催促道：

"驾！马科！驾！"

驴急忙加紧脚步往前跑，过桥时，左蹄上的蹄铁被地上的树枝刮了下来。掉落的蹄铁静静地躺在桥上，像月牙一样银光闪闪。

这时，一辆金马车从皇帝的夏宫疾驰而来，两匹高头大马拉车，那马儿通体乌黑，只眉间一点白色星斑，长尾拖地。

"这是皇帝的马车来了！"爷爷想着，立刻闪到路边让路。

只见那御马飞奔，蹄星四溅。爷爷不禁回头看那马上的骑士。

眼见着金马车在桥上停了下来。门开了，戴着皇冠的皇帝跟近身的骑士说了什么，骑士听令立即从马上跳下来，弯腰从地上捡起了个什么物件，交到皇帝手上。随后，马车继续疾驰，不一会儿就消失在了佩索爷爷的视线里。

"他们在桥上到底捡了什么东西？"佩索爷爷摸不着头脑，伸手拍了拍让驴继续赶路，却发现驴瘸了。

爷爷翻身下驴，看了看驴蹄子，发现一个蹄掌不见了，他伤心地摇了摇头，牵着它回了家。回到家后，爷爷从怀里掏出一沓钱，数了数，根本不够钉个新的蹄掌，他沉重地叹了口气：

"变成个瘸脚驴，这可怎么是好啊！"

好在佩索爷爷家除了驴，还养着一只黄爪大尾巴公鸡。它走到主人跟前说：

"别难过，佩索爷爷！我知道谁拿了咱们家的驴蹄掌。我这就去把它拿回来，要是拿不回来，我就不是大尾巴公鸡。"

于是，勇敢的公鸡朝着皇宫出发了。它走啊，走啊，走到了河边，河边既没有渡口，也没有桥。它站在岸边，想着怎样才能过河。它想啊想，最后说："有了！"

它撅起屁股，伸出脖子，张开嘴开始喝河水，直到把整条河都喝干了，这才过到了对岸。之后，大公鸡继续上路，走进一片茂密的森林。突然，一头狮子从林子里蹿了出来，吼道：

"喂，你这个两条腿的家伙，好大的胆子，敢进我的林子？还不快走，不然我就吃了你！"狮子张开大嘴吼道。

"你说什么？"公鸡说，"你先让开！臭小子，真是不知天高地厚，快滚！"

说罢，它就伸展脖子，一口吞下了狮子。

深夜，大尾巴公鸡终于来到了皇宫，它直奔御花园。御花园正对着皇帝寝宫，卧房的窗户敞开着。它一眼便看见，皇帝床边水晶桌上放着佩索爷爷家的驴蹄铁，静静地闪着银光。

"喔喔喔喔！"公鸡大叫着拍打翅膀。

皇帝被吵醒了，大怒。

"大胆，是谁扰我清梦？"皇帝厉声呵斥。

"是我！大尾巴公鸡。"公鸡回答。

"你意欲何为？"

"我要拿回我们家的蹄铁！"

"休想！这可是我的幸运铁！"皇帝说着抓起蹄铁，塞进怀里。

公鸡听到后叫得更大声了。

"你竟敢如此胆大妄为！要叫到何时？"皇帝训斥道。

"不把蹄铁还给我，我就叫一宿，让你不得安宁！"

"哦？放肆！"皇帝拍了三下手掌。

顷刻间，九个护卫冲进来跪在他面前。

"陛下！微臣听令！"

"给我把军中最大的炉灶点起来，活捉那只公鸡，把它扔到炉子里烧死！"

众护卫得令，点起一个大炉灶，等炉火正旺时，把公鸡扔了进去。

公鸡可一点儿也不怕，刚踩到火炭，便开始念咒语：

"宝瓶，宝瓶，来水，灭火，救我，救我！"

话音未落，一条河从它口中倾泻而出，就是那条被它喝掉的河，河水瞬间熄灭了炉火。

清晨，大公鸡毫发无损、生龙活虎地从炉子里跳了出来，在御花园、皇帝的窗外大摇大摆地耍威风。皇帝见状怒不可遏。入夜，他刚入睡，大公鸡又喔喔地叫起来。

"你还敢来？"皇帝被气得跳起来，"看我怎么收拾你。"

于是，皇帝吩咐护卫把公鸡丢到兽园里，那里等着它的是一群饿狼和狐狸。

公鸡发现自己被困在兽园里，竟面不改色，张开嘴念道：

"狮子，狮子，快现身！勇猛威武全靠你！"

这时，狮子从公鸡嘴里跳了出来，吃掉了恶狼和狐狸。公鸡又毫发无损、生龙活虎地走出了兽园。

第三天晚上，它又在皇帝窗下大叫，皇帝终于屈服了，手下竟无人能降伏这只公鸡。皇帝从怀里掏出那块蹄铁，套在公鸡脖子上，喊道：

"拿上你要的东西，快滚！"

最后，公鸡开心地赶回村子，它只想要快点给佩索爷爷报喜。而那头狮子也回到了森林里。

熊和蚂蚁

　　熊在长满苔藓的山泉里喝饱了水，便顺着小路朝山下的老橡树走去，老橡树那儿有它的窝。

　　"喝饱了，吃点什么呢？能吃什么呢？"熊自言自语道，"蚂蚁？要不就吃你？对！就吃你吧！"

　　小黑蚂蚁正从南瓜子壳上爬下来打泉水，听到熊的话，脸吓得煞白，四面看了看，立刻从灌木丛溜到旁边的干榛树叶下躲了起来。熊俯下身，朝榛叶吹了口气，我们惊慌失措的蚂蚁顿时现了形。

　　"你为什么非得吃我呢？"小蚂蚁问。

　　"我要吃光所有的蚂蚁！你们整天在太阳底下，晒多了就想喝水，就知道往山泉那儿跑，跟我抢泉水，水都让你们喝光了！所以我要灭了你们！先拿你开刀！"

　　"别吃我！"蚂蚁哀求道，"求求你放了我这一次，最后一次，让我打些水给兄弟们送回去，它们还在家等我，又累又渴的，你就让我给它们把水送回去，我一定立刻回来，等我回来你再吃我，行不行？"

"我堂堂一头熊等你区区一小蚂蚁？"熊对这番话嗤之以鼻。

"熊奶奶！祖奶奶！求你啦！"蚂蚁叹口气说，"你要是答应我，我给你出个好主意！"

"什么好主意，快说！"

"你吃我们的时候分着吃，先吃几只，其他的放到冬天再吃！"

"主意不错！"熊答应道，"就听你的，先吃你一个，其他的等我路上遇到的时候抓起来留着冬天吃！"

熊说完便吃掉了蚂蚁，路上只留下那个南瓜子壳。

蚂蚁窝里的蚂蚁们久等同伴不回，渴得虚弱无力，不想等死，无奈之下，一只接一只地出洞沿着小路往山上走。

"你知道我们的弟弟到底跑哪儿去了吗？"它们看到夜莺在树上快乐地喳喳叫，便问道，"别是掉到山泉里了吧？"

"没有，没掉到水里，被熊给吃掉了！"夜莺说完，自顾自地唱了起来。

一只蚂蚁转身跟后面一只蚂蚁嘀咕了几句，后面一只说给第三只，第三只又告诉第四只……传到最后，它们没有被吓得往回走，反倒气势汹汹地朝着熊窝进发了。

它们走了一整天才走到大橡树下，在树洞旁边，也就是熊窝边侦察好地形，找到了个有地缝的地方，爬下去开始挖了起来。

"你们刨什么呢？"鼹鼠问。

"给熊挖坑！"

"我帮你们一起挖，我早就恨它恨得牙痒痒了！去年它吃掉了我两个孩子！"

它们挖呀，挖呀，一天、两天、十天过去了，终于在橡树下挖出了一个大坑。熊根本没看到，也没发现，因为蚂蚁大军和鼹鼠妈妈挖的大坑离地面足有两指厚。

到了第十天傍晚，月上枝头。贪吃的熊吃了两只小羊，心满意足地从羊圈里出来。回到家时，它停在家门口说："这世上的美味我都尝遍了，人也吃了，野苹果也吃了，蜂蜜也喝了，就只差没有在月下跳舞了，舞起来吧！"

胖熊刚迈起舞步，就连带着坑上的薄土一起掉进了深坑里。

第二天，来了一群农户。他们整天被熊祸害，对它恨之入骨，便剥了它的皮。

电

    暴风雨过后，远处依旧雷声滚滚。太阳拨开重重乌云，万道金光照得雨后树林熠熠生辉。一滴水滴顺着纤细树枝的黑树皮滑落下来，挂在树梢，眼见着就要掉下去。它身下山间小溪潺潺流过，溪水拍击两岸岩石，激出水沫，追逐鱼儿而去，最后汇入峡谷。

    "这附近就没有口渴想喝水的鸟吗？"水滴疲惫地问。

    "你找鸟干什么？"小树枝问道。

    "找只鸟来，等我落下去的时候它就能张嘴把我接住。我可不想落到下面聒噪的小溪里。一直支撑到现在可累死我了！"

    "那你是从哪里来的，小水滴？"树枝接着问。

    "我才不是水滴。"

"那你是谁？"

"我是一滴泪，来自锡兰（就是今天的斯里兰卡）。我的主人是一个有巧克力肤色、鬈发的可怜小男孩儿，叫塔里巴里，他当时没饭吃，饿得哭了起来，我就是那时候从他的脸上流下来，落在一块滚热的石头上，瞬间被烫成了一团小水汽，然后被狂风卷走，一路跟着它飞到这里，我自己都不知道，这一路是怎么完好无损走过来的，真是历尽千辛万苦啊！狂风所到之处，人们苦不堪言，它的暴行我可都是亲眼所见：先是飞过沙漠，卷起漫天黄沙，淹没了阿拉伯贝都英人的驼队；然后又冲向大海，卷起风浪，撕烂了大船上的风帆，折断了桅杆，最后又掀翻了大船，船员都葬身大海，留下孤儿寡母无依无靠。狂风上岸以后，又刮倒了破败不堪、四下漏风的磨坊，掀翻了它的房顶，吹断了房梁，然后又去祸害别人。磨坊主眼见着磨坊倒下，心疼得流泪，捶胸顿足，最后投海自尽了。唉！谁让我这么小，这么没用，我怎么就斗不过它！"锡兰男孩儿的泪滴叹着气讲着自己的故事，讲完便从树枝上掉了下来。

"一路走好啊！"树枝对着它喊道。

水滴落到小溪里，发现周围是千百万个像它一样的水滴。

"你们是谁？"新水滴问大家。

"我们是千百万苦闷和难过的人流的眼泪。"

"那你们要去哪里呢？"

"我们要集中全力赶着去发电！"

"发电干什么呢？"

"发电给人用啊！电能给农村漆黑泥泞的小路和贫穷的城郊街区照亮；能让千万个磨盘转动，磨出面粉大家才能烤面包；能拉动火车穿越荒漠。你看看，我们蕴藏了多么巨大的能量啊！"

"骗人！"锡兰男孩儿的泪滴说，"你们明明和我长得一模一样，还一样弱小，连个蚂蚁都淹不到！"

"我们单个是弱，"它们回答，"但是当我们汇聚在一起团结起来，谁也没有我们力量大，走着瞧！"

锡兰男孩儿的泪滴还是不明白，它想啊想啊，不知不觉竟睡着了……一夜之间，顺着溪流被冲到了平原上。等它醒来的时候，发现已经汇入了一条湍急的大河，河水轰鸣着撞击两岸陡峭的崖壁，突然遇到一堵高高的石壁，被截住了去路。

"我们这是到哪里了？"它问。

"咱们这是到水电站啦！我们到水电站的水库啦！从这里，也就是水库的大坝，我们要落下去，人们就会用咱们落下释放的能量发电了。过一会儿你就知道是怎么回事啦！"

小泪滴昂起头，想看清人类创造奇迹的大手，但是还没来得及看清，就被巨大的力量给推走了，推到一个大管道里，大管道里夹杂着巨大的轰隆声，倾泻出数十亿个水滴，它们把汇聚成的巨大能量交给人类，人类把这些能量发成电。

小水滴离开了电站，流到平原以后才从急剧的落差中回过神来。沿着弯弯曲曲的小水渠辗转流到一个个菜园，最后停在了一棵没有开花的小野花下，小花请求它："小水滴姐姐，能不能钻进土里给我的根喝喝水呀！"

于是，小水滴钻进干涸的土里，像妈妈哺育孩子一样浇灌花根，第二天花就开了，花香溢满花园，引来了成群的蜜蜂采蜜。

数以亿计的水滴发出的电已经通过电线输送到各地，给遥远的村庄和驼队出没的荒漠照明，让火车疾驰，那可怜的、被狂风吹倒的老磨坊也重新开了张，这次换上了电磨。

黄金女孩儿

　　老头儿死了老婆，自己与一个女儿相依为命。后来，他续弦娶了个寡妇，寡妇带来个女儿。继母看不上继女，眼里、心里根本容不下她。她逼着丈夫把女儿赶出家门，为此两口子整天吵架，终于有一天男人被吵烦了，竟起了歹心：他让妻子烤上一个饼，叫上女儿，预备领着她到茂密的森林里，找个山把烤饼从山上扔下去，趁女儿捡饼的工夫，他就躲起来，把女儿丢下让她自生自灭。

　　继母用锅底灰烤了半个饼，拿给丈夫，于是，丈夫把女儿带到了阴森森的树林里。他们爬到山顶，父亲把那半个饼掏了出来，装作不小心掉下山的样子把饼扔下山去。饼滚下小山，他让女儿去追，自己趁机跑回了家。

　　待小女孩儿捡回饼来，父亲已不见了踪影。她哭着在树林里找寻。天黑了，父亲还是音信全无。好在边上有个小木屋，屋里住着个老婆婆，老婆婆听到了她的哭声，开门喊道：

"谁在那儿哭啊？男孩儿还是女孩儿？要是女孩儿就进屋，要是男孩儿就快走吧！"

"我是个女孩儿，老婆婆。"孤苦伶仃的小女孩儿说。

"那好，快进屋吧！"

小女孩儿走进小木屋，老婆婆给她拿出吃的，还哄她入睡。

清晨，小女孩儿早早起来，趁老婆婆还睡着便开始打扫，擦了地板和门廊。老婆婆醒来梳洗一番后就去教堂了。她家里还有看家护院的蛇和蜥蜴，别人都眼红着呢。老婆婆出门前特意嘱咐小女孩儿煮些糠喂好它们。

"不用害怕，"老婆婆说，"它们不咬人。"小女孩儿煮好了糠，放凉了才喂给它们。她还把自己的项链摘下来，拆成珠子给每一条蛇和蜥蜴都戴在脖子上。

老婆婆回来的时候，宠物们高兴地出来迎接，争先恐后地跟老婆婆炫耀：

"老婆婆，老婆婆，看看小姑娘给我们打扮得多漂亮！"

老婆婆说："好好！把你们打扮得这么好看，我得好好报答她！"

木屋旁有条小河。吃过饭，老婆婆对小女孩儿说："跟我去趟河边吧，给我做个伴，提个醒儿。"女孩儿很听话，乖乖陪在老婆婆身边。到了河边儿，老婆婆又说：

"我怕我躺着躺着就睡着了，你得盯着河水。河里流红水时不用叫我，淌蓝水时也不用叫我，淌黑水时更不用叫我，流黄水的时候再叫我。"

小女孩儿听话地盯着河水。她看着：河里先是流出了红水，红水流完了是蓝水，蓝水后面是绿水，绿水后面是黑水，最后流出了黄水。她赶快叫醒老婆婆。老婆婆一跃起身，抓住女孩儿的头发把她浸到了水里，喊道："快伸手抓住！"

小女孩儿眼疾手快，抓住了落入手里的东西，待老婆婆把她从河里捞出来时，她手里多了一个匣子，里面装满了黄金。

老婆婆让她带上匣子，领着她穿过树林，还给她指路，让她回到了父亲家。

父亲和继母看见她变成了黄金女儿，出落得还如此美丽，都惊叹不已，并不知道她是经过了黄金河水的洗礼后才美得不可方物。她把匣子交给父亲，父亲打开盖子，看见里面全是金子，更高兴了。继母嫉妒得不行，脸激动得像只煮熟的虾子，连忙让丈夫把她自己的女儿也带到那片黑森林里，想让女儿像继女一样变成黄金女孩儿。

"你想让她去，我就去送一趟！"丈夫回应她说。

继母像之前一样给女儿烤了个大饼，用的面粉却不一般，是细筛筛过的精面粉。还特意把细白面饼包到绣花餐布里，才放在丈夫包里。之后，父亲把继女带到了他上次丢下女儿的地方。到那儿以后，他如法炮制：扔了饼，打发女儿去捡，然后就回了家。

小女孩儿捡回饼后开始寻找继父。可她怎么都找不到，急哭了，继续往树林里走去。到了晚上，老婆婆听到哭声，喊道：

"谁在那儿哭啊？男孩儿还是女孩儿？要是女孩儿就进屋，要是男孩儿就快走吧！"

"我是女孩儿，老婆婆。"继母的女儿答道，然后走进小木屋，老妇人给她吃的，还哄她入睡。

第二天早晨，老婆婆起来的时候小女孩儿还在睡，睡醒了也不打扫。老婆婆梳洗完毕准备去教堂。出门前，她嘱咐小女孩儿煮些糠喂喂家里的宠物们，还特意告诉女孩儿它们不咬人，不用害怕。小女孩儿煮了糠，没放凉就端给蛇和蜥蜴们吃了，把它们的嘴都给烫坏了。

老婆婆回来的时候，它们还是争先恐后地爬出来迎接，但是开始抱怨：

"老婆婆，我们都快被女孩儿给烫死了！"

"婆婆会让她付出代价的！"老婆婆回答。晚饭后，她叫小女孩儿陪她去河边，给她做伴和打更。

"不知怎的，有点儿困了，"老婆婆说，"我要小睡一会儿，你盯着河水。红水流出时不要叫我，绿水流出时不要叫我，白水流出时不要叫我，黄水流出时也不用叫我，流黑水的时候来叫我！"

不知过了多久，河里水色变了又变。等黄金水流出来的时候，小女孩儿忍不住把小指伸进了水里，小指变成了金手指。黄金水之后是黑水。她叫醒老婆婆，老婆婆一跃起身，抓住她的头发把她浸到黑水里，大声喊道：

"快接住！"

小女孩儿用尽全力抓住个匣子，这回匣子里全是蛇和蜥蜴，但老婆婆让她到家以后再打开。老婆婆带着她穿过树林，也给她指了指回家的路。

回到家，她母亲看到女儿变成个黑闺女，吓呆了，又打开匣子，一团蛇和蜥蜴竟从里面爬了出来，吓得母亲赶紧扑向了丈夫，责备丈夫说："我准是送错了地方，要不不能这样。"

"我，"他解释道，"我把我女儿送到哪儿，就把你女儿送去哪儿，我怎么丢的我闺女，也那么丢的你女儿，但是后来她们往哪儿走了，干了什么，后来又怎么了，我也不知道啊！"

从那天起，继母再怎么讨厌这个继女也无话可说了：人家拿回来这么多黄金，怎么好意思赶她走啊！

黄金女孩儿慢慢出落成了大姑娘，开始有人上门提亲了，提亲的是十里八乡的第一勇士，勇士相中了黄金女孩儿，他觉得没见过比她更好看的姑娘了。出嫁那天，继母竟把她塞到水槽下藏了起来，给自己的黑闺女穿上婚服，盖上头纱代她出嫁，出门前还不忘嘱咐丑闺女只把小手指露在外面，让别人以为她就是黄金女孩儿。

谁料，这一幕给公鸡看见了，它大叫起来：

"喔喔喔喔！黄金女孩儿塞水槽，黑丑闺女儿马上罩！"

人们听到后面面相觑，一头雾水，没理会，继续往外走送新娘出门。公鸡跟着他们继续喊：

"喔喔喔喔！黄金女孩儿塞水槽，黑丑闺女儿马上罩！"

送亲队伍觉察出异样，但仍旧没有停下脚步，公鸡还不放弃，继续大喊：

"喔喔喔喔！黄金女孩儿塞水槽，黑丑闺女儿马上罩！"

事不过三，送亲的人终于反应过来事情不对了：公鸡怎么还说上人话了呢？于是，他们把新娘的头纱揭开，真相大白了：他们送出嫁的竟是黑女孩儿，于是又折回院子，在水槽下面找到了黄金女孩儿。公鸡说得果然没错！他们忙把黄金女孩儿扶起来，戴上头冠，盖上头纱，扶上马，还特意当着继母的面重新出发。

就这样，黄金女孩儿和第一勇士举行了盛大的婚礼，黑闺女一无所有！

不劳动者不得食

亲家上门，来接新媳妇加林娜，母亲嘱咐他们：

"你们可要好好待她，我就这么一个闺女，啥脏活儿、累活儿都没让她干过。她那双手细嫩，可拿不得笤帚洒扫；那双眼娇贵，可不能蒙尘；那肩膀瘦弱，挑不得重担。床要给她铺得软软的，枕头也要个鹅毛的。"

亲家公、亲家母相互看了一眼，没言语。

"也千万别说她，她听不得重话。"

"放心吧，我们家和气着哩。"亲家公说罢就上了马车，亲家母也跟着上了车，一对新人坐在后面，一家人就动身回自己村子了。

两个村子离得远，走了一天才到。到家已是傍晚时分，还没顾得上进屋歇息，婆婆就卷起袖子揉面烤饼，杀鸡炖鹅，还从地窖里取出一罐酒。新媳妇加林娜叉着手坐在长凳上看着婆婆，心想："哎呀，婆婆干活儿真是勤快麻利，和我妈妈一样好呢。我嫁到她家真是享福了。"

他们吃过饭，便去睡了。第二天一大早，公公叫醒大家。

"起吧！"他叫道，"该上地干活儿了。"

"干什么活儿？"加林娜揉着睡眼问道，还懒懒地打了个哈欠。

"去给玉米地锄草。"

"得用锄头吗？"娇娇女加林娜问婆婆。

"可不得用锄头嘛。"婆婆回答。

"那我可不去。"

"为什么不去？"她的丈夫问。

"锄头那么沉，我举不动。"

"那就别去了，在家收拾做饭吧，也得有个看家的人！"公公说。于是，他们把她留在家里。

新媳妇一直躺到晌午，饿了才起床，什么吃的也没翻到。"怎么没给我留饭呢，怎么把我给忘了呢！"嘴上这么说，加林娜也没放在心上，去园子里赏起花来，还不禁赞美："花真好看呀！"然后就凑上去闻花香，折花枝。园子里蜜蜂辛勤忙碌地穿梭在花丛采蜜授粉。"它们怎么这么忙啊！"加林娜不禁想，又走到旁边的樱桃树下躺下，摘樱桃吃解饿，吃饱了又开始瞌睡，于是就睡着了，一睡就是一下午。

晚上，去地里干活儿的三口人回来了，又累又饿，却看见家里没收拾，桶里没有水，灶是冷的，鸡饿得都趴窝了。

　　婆婆赶紧放下锄头去挑水，挑完水生火架锅煮土豆，煮土豆的工夫又发了面。这工夫，加林娜就翘着腿坐在长凳上看着婆婆忙活。

　　饭好了，婆婆招呼大家吃饭，加林娜第一个上桌。

　　公公拿起面包掰成三块，给婆婆一块，给儿子一块。

　　"怎么不给儿媳妇？"婆婆问。

　　"她不能饿，不干活儿怎么能饿呢！"公公回答。

　　加林娜咬了咬嘴唇，皱起了眉头，起身回自己屋里哭了起来，饿得她一夜都没睡着。

　　第二天，一家三口还得去地里干活儿，新媳妇又不愿去。

　　"太阳太大了。"她说，"我怕脸晒黑。"

　　于是，她又被留在家里。这个娇娇女，又是滴水不沾，竟在狗食盆里找了块硬邦邦的面包吃了起来，又在园子里躺了一天。美丽的花朵都枯萎了，因为她懒得去浇水。

　　晚上，三口人回到家，又是冷锅冷灶和懒媳妇一个，婆婆皱着眉头，发面做饭。吃饭的时候，公公还是把面包掰成三块，没给儿媳。

　　"你怎么不给儿媳妇面包呢？"婆婆又问。

　　"不干活儿就没饭吃！"公公回答。

儿媳妇整宿辗转反侧，想着自己到底哪里做错了，天快亮的时候才睡着。

听到公鸡三声鸣啼，加林娜赶紧起身，发现公公婆婆和丈夫没叫她，已经早早出门去了。她赶紧撸起袖子忙活起来：挑水，生火做饭，发面烤面包，干完活儿又去厢房里织布。

晚上，累了一天的三口人回到家，看到加林娜干了那么多活儿，心里高兴。加林娜把饭菜端上桌，把面包捧给公公，忐忑地看着他，这次公公把面包掰成四块，最大的一块给了儿媳，对她说："吃吧，孩子，你今天干了很多活儿，这是你自己挣来的。"

加林娜接过面包吃了起来，她从来没有吃过这么好吃的面包。

麻雀的美梦

　　一个秋日，灰麻雀趴在窝里睡觉，做了一个美梦。

　　梦里，它到了一座春天的花园，花园的大树上花瓣轻轻飘落。花枝上栖息着许多美丽的鸟儿，它们彩翼、红爪、黄腹、绿脖、金顶，眼睛闪烁着钻石一般的光芒。麻雀不禁叹了口气，说道："老天可真是不公平啊！这些鸟儿怎么长得这么好看，让人怎么看都看不够，我的羽毛却像乞丐似的灰突突的，我也想变得像这些鸟儿一样好看。怎么就不如它们呢，我也有翅膀、喙和爪子……

　　它刚这么想完，好似有一只无形的大手立刻就给它的羽毛绘上了颜色。

　　麻雀赶紧飞到井边，落在一棵树上，开始对着水面照起来。当看到自己也变得像花园中飞舞的鸟儿一样绚丽多彩时，它高兴得不得了。许是高兴得太早了，眼见着一条大蛇吐着芯子，张开大嘴就要吞下它。麻雀惊慌地赶忙飞了起来，落到树梢上。祸不单行；还没缓过神，所有的鸟儿突然惊叫着飞了起来。麻雀往下一看，原来有个猎人站在树下，正在瞄准——马上就要开枪了。

"哎——呀——呀！"麻雀尖叫着，"早知道就不应该穿上这身花花绿绿的衣裳，大老远的谁都能看见我，要是穿着原来的灰衣裳，谁能看见我？"

麻雀扑腾着飞了起来，刚想逃走……突然惊醒了。原来，一切都只是一场梦，它高兴地扑扇着翅膀欢蹦乱跳。它飞去山谷，去小河里打滚儿戏水，又落在核桃树上晒太阳，欢乐地叽叽喳喳，叽叽喳喳！

失之东隅，收之桑榆

麻雀落在篱笆上，穿起珠子来。它一颗颗地穿，穿着穿着不小心掉了一颗。珠子顺着篱笆掉到杂草丛中，不见了。

"嘿，篱笆，"麻雀喳喳地叫道，"把那颗珠子还回来，不然我就去找火，让它烧死你！"

"你去找啊！"篱笆回应道。

麻雀便去找火。

"火啊，火啊！去把篱笆给我烧掉！"它喊道。

"哎呀，怎么比我火还大！"火焰回答说，"烧它做什么，我要它还有用呢，再说它多扎人啊。"

"那我就去找河，让它浇灭你！"

"你敢！"火焰喊道。

麻雀飞向大河，对着河喳喳叫道：

"河啊，河啊，求你去扑火！"

"之前想扑火来着，"河流回答，"可我现在得数小石子啦。"

"那我去叫水牛，让它喝干你！"

"你去呀！"

麻雀飞到森林里寻找水牛。

"水牛啊，水牛啊，"它请求道，"把河水给我喝干吧！"

"喝不下啦！"水牛回答，"我刚吃了一肚子满是露珠的嫩草，再多喝一口水肚子就撑破了。"

"那我去找大灰狼，让它吃了你！"

"去呗！"

麻雀飞到林子里找到狼。

"狼啊，狼啊，求你去把水牛吃了吧！"

"水牛有什么好吃的？我还是更喜欢吃小羊！"

"那我去找牧羊人，让他放狗咬你，看它们不把你撕碎！"

"牧羊人，牧羊人！"它大声呼喊，"放狗咬那大灰狼！"

"我可不能放，再把狗牙给咬坏了。"牧羊人回答。

"那我就去找老鼠，让它咬坏你的粮袋子！"

"你去呀！"

于是，麻雀飞进老鼠洞。

"老鼠啊，"它喊道，"快去咬破牧羊人的粮袋子！"

"谁稀罕牧羊人的粮袋子啊，粮仓里的粮食都吃不完呢。"老鼠们回答。

麻雀落寞地飞回到篱笆上，伤心地哭起来。猫看到了它，问道：

"小麻雀，你怎么哭了？别哭了，看到你流眼泪，我的心都要碎了。"

"你要是能去吃老鼠，我就不哭了。"

于是，猫扑向老鼠，老鼠们去咬牧羊人的粮袋，牧羊人放狗咬狼，狼追水牛，水牛低头要喝河水，河流冲向火焰，火焰扑向篱笆，篱笆害怕了，找到了那颗珠子，交给了麻雀。麻雀高兴地飞上树枝，欢快地喳喳叫着，一切归于平静。

老鹿和小鹿

　　老鹿领着鹿群翻过高山，往一个翠绿肥美的草场进发。它骄傲地穿过茂密的山毛榉树林，对那里的每个山谷、每片山坡、每条小路、每个陷阱和每条兽路都了如指掌。眼前这片树林里，老鹿认得每棵树，记得每个鸟巢，但它不知道它们之前经常喝水的泉眼旁，二十步的地方，猎人们新挖了一个深坑陷阱，还用树枝、草和树叶盖住了它。它还不知道，附近的一棵大山毛榉树旁也设了陷阱，而且现在猎人的枪口正瞄准它们，毫不知情的老鹿还自信地走在最前面，后面跟着壮年鹿、母鹿和小鹿。

　　眼看就要走到泉边了，一头小鹿穿过鹿群跑到了老鹿跟前说：

　　"等等，爷爷，快停下来！"他喊道，"不能走这条路！"

　　老鹿转过头来看着它问：

"为什么？"

"因为这儿有陷阱，猎人们还埋伏在附近。"

"你个小屁孩儿，怎么知道的？"老鹿生气地问道。

"我昨天来这儿喝水，看见树下有铲子，一定是他们用来挖坑的。"

"你怎么知道是挖坑用的？"

"那铲子上面还粘着湿土呢。树下还靠着四把双管长枪，我再小再笨也知道，这是猎枪啊。爷爷，我当时可害怕了！心都要跳出来了，拼命地往回跑。"

老鹿摇了摇头，说：

"就这片林子，我对每一条小路，甚至每一只虫子都了如指掌。你这乳臭未干的毛孩子居然还来指挥我！我还用得着你告诉我怎么带领鹿群！真是不自量力！什么铲子！哪儿来的猎枪！还不快退后！哪儿来的回哪儿去！"

说完，老鹿继续昂首挺胸朝着泉眼走去，鹿群对它深信不疑，也跟随其后。

鹿群走到泉边时，小鹿的话应验了。走在最前面的老鹿首先踩到了陷阱，掉了下去，后面的两只母鹿跟着遭了殃。鹿群见状赶紧停下脚步，祸不单行，枪声响起，两只母鹿被击中应声倒地。

"快跑！"小鹿叫道，然后撒腿往林子里钻，鹿群也紧随其后。

老鹿则在陷阱中一边懊悔地用头不停地撞着坑壁，一边喃喃自语：

"都怨我啊，我太骄傲自大啦！要是我听了那个聪明小鹿的话，就不会掉进陷阱里了。"

麻雀和狐狸

从前，麻雀和狐狸亲密无间，形影不离。

"麻雀兄弟，"一天，狐狸说，"咱们一起合作吧。"

"合作干什么呢？"麻雀问。

"找点能干的事儿呗。要不，咱们一起种麦子，一起收，然后平分，怎么样？"

"好啊，姐姐。"

说干就干，麦子种上了。不久后，麦子长得老高，很快结了穗，成熟了，转眼就到了收获的季节。这天早上，麻雀和狐狸一起去田地里割麦子。但烈日当头，狡猾的狐狸想偷懒，于是它说：

"麻雀兄弟，你先割着，我去那边山上托一下云彩，省得它们掉下来，把咱们的麦子给淹了！"

"去吧，姐姐！"麻雀回答道，然后一个人继续埋头割麦子。

狐狸爬上山坡，坐在那里托着一朵后山升起的云。而麻雀则一直在割麦子，割完了麦子，又捆好拉去打谷场。

"快下来吧，姐姐，该打谷啦！"

"你先打着，麻雀兄弟，我得把云撑住，要是掉下来了，咱们的收成可就全完蛋了。"

麻雀无奈，只好自己去打谷，清理麦秆。麦子都打好了之后，对狐狸喊道：

"快下来吧，姐姐，该分麦子啦！"

"来了！"狐狸大声回应着，一溜烟儿跑到打谷场。它拿起个桶便开始自顾自分了起来。

"小麻雀兄弟，你一份、我两份吧，我干的可是重活儿，托云多累啊。"

麻雀拿上自己那份麦子，叹了口气，离开了。

"你怎么愁眉苦脸的？"狗问道。

于是，麻雀对狗讲起了事情经过。狗生气地说：

"哼！我得教训教训它！快告诉我，狐狸家粮仓在哪儿？"

麻雀指给它。狗找到了狐狸粮仓，爬进去藏了起来。

第二天，狐狸来到粮仓，准备装些麦子去磨坊磨面。装着装着竟然摸到一只狗耳朵。狐狸以为是只老鼠，正想咬它，没想到"老鼠"居然跳了起来，扑向狐狸，给它一顿胖揍。打那天起，狐狸和麻雀亲密有间，形影分离了。

馈赠的岁月

　　一个寒冷的冬日，树和石头冻得嘎吱作响，一匹马、一头牛和一只狗走到一户人家，轻轻敲了敲门。

　　"谁呀？"屋主人问道。

　　"是我们，马、牛和狗。"

　　"你们有什么事？"

　　"让我们进去暖和一下吧，我们都快要冻死了。"

　　主人打开门。马、牛和狗走进屋里，围坐在火炉前，火光熊熊，烤得身上暖和和的。主人热情好客，去外屋拿吃的招待客人们：给马一捧燕麦，给牛一些麦麸，给狗——一大块面包。

　　"吃吧，别客气！"主人说完，自己也挨着它们坐下来，但双手捂住了头，愁容满面。客人们吃完后，问起屋主人为什么这么难过。

"我可能就快要死了！"主人回答道，"不管是蚂蚁、骆驼，还是人，寿命都是有定数的。"马、牛和狗互相看了看，然后小声商量起来。

　　"好人，"马对他说，"你要是不嫌弃，我们各留十年的寿命，其余的年岁都送给你。有十年够我们活的了。"

　　"这怎么好呢，太谢谢你们了！"主人高兴地说道。说给就给，屋主人从马、牛和狗那里得到了它们余下的年岁。马的寿命给了青年，所以年轻人像马一样灵活、强壮且无所顾忌。牛的寿命给了中年，所以中年人都像牛一样踏实勤劳。而狗的寿命则留给了晚年，所以当人老了，就变得像狗一样恋家。

可怕的野兽

　　驴子想要逃离主人，于是躲进了林子。逃跑的路上碰到了一只羊。

　　"驴子兄弟，你这是往哪里跑啊？"

　　"我想躲开人类。"

　　"他们怎么你了？"

　　"我再也受不了了，"长耳朵驴子说着，在羊身边停了下来，"秋天，是谁驮苹果筐？还不是我！天冷了，是谁到林子里去捡柴火？又得是我！春天到了，挨骂的还是我——他们就拿荆棘和蓟草给我吃，一把扔给我，说：'喏，驴，吃吧，噎不死你！'没有一句好话啊。我得逃到一个不用干活儿的地方，一个顺心安心的地方。你呢，羊兄弟，你要去哪儿啊？"

　　"唉，兄弟，我也是没活路才跑出来的！"羊回答道，

"他们要办婚礼，就说得杀羊招待亲家；有人死了，要杀羊办葬礼；家里来客人了，又嚷嚷着杀羊款待。我一忍再忍，过够了成天提心吊胆的日子，这不就跑出来了？咱们一起跑吧，行不行？"

"行！咱们一起力量大，谁也不怕！"驴子高兴地说，于是它们就一起跑，跑着跑着又遇到一只狐狸。

"你们这是要去哪儿，朋友们？"

"在逃跑。"

"逃离谁？"狡猾的狐狸问道。

"逃离人类。"驴和羊把它们的遭遇告诉了狐狸。

"唉，"狐狸叹了口气，"我这不也在逃嘛，他们愿意在婚礼上敲鼓，把我吓得心都快不跳了；他们还总想着要抓我们，剥皮给新娘做毛领！你们能带上我一起逃吗？"

"能啊，狐狸大姐！"

驴子和羊同意了，然后它们继续上路，狐狸跟在后面。它们进入一片茂密的树林，看到一只公鸡在树下走来走去，四处张望。公鸡看到它们，高兴地说：

"真没想到，这深山老林还能遇见你们，你们是从哪儿来的啊？"驴子、羊和狐狸各自讲了它们的遭遇。

"那你呢，"它们问公鸡，"你在林子里干什么？"

"我也是为了躲避人类才逃进来的。不逃不行啊！主人生第一个孩子的时候说得杀只鸡；过生日的时候说得炖只鸡；家里来客人了还要杀鸡招待！根本没人在乎我们是不是还没长成，会不会打鸣，冠子变没变红！我能跟你们一起逃吗？"公鸡问。于是，逃跑小队有四个成员了，它们一起继续跑。跑到了一个岔路口，路上有张狼皮，起初它们吓坏了，往后退了一大步。过了一会儿，他们慢慢参着胆子，绕着走开了。羊忽然说："咱们把这张狼皮带上吧，说不定能用得上呢。"

"拿上倒也可以，为什么不拿呢？可是谁背它？"

"我背，"驴子说，"扔我背上吧。"于是，它们把狼皮放在驴背上，继续往前走，在林子里走了整整一天。到了晚上，它们发现了一个山洞，往里看，没人，便走了进去，洞中间有堆篝火，火上支着铁架，上面架着一口大锅，锅里咕嘟咕嘟煮着香喷喷的粥。它们赶紧围坐在火边烤火，口水都流了下来。

"先不走了吧！"它们决定说，"等主人回来了，要是他们心好，会给咱们东西吃和水喝，让咱们在这儿住上一夜，明天天亮再出发。"

驴用稻草塞满了狼皮，把它挂在洞口的树上。这个洞原来是狼和熊的窝，它们在这里搭伙过日子。篝火是它们点起来的，粥也是它们煮的，趁着煮粥的工夫，狼和熊去寻找猎物了。不知过了多久，它们才回到了洞里。

看到了洞里的"不速之客"，它们惊掉了下巴。"欢迎光临，亲爱的客人们！"狼和熊异口同声地喊道。

"谢谢你们的暖心话！"客人们颤抖着声音回答。

熊开始招呼客人们，它端下粥锅，拿来了碗匙，对客人们说："吃吧，别客气！"

客人们便喝起粥来，一天粒米未进，真是饿坏了，瞬间把粥喝个精光。

吃饱了，熊说道："你们都和人在一起住过，一定会唱许多歌吧？听说人的村子里每天都办婚礼，都有欢迎宾客的歌！来，给我们唱首歌吧！"

"唱就唱！"驴子回答道，"只是和人在一起的时候，一般是主人先唱。"

"既然这样，那我先来唱一首。"

熊站起身来，伸出前爪，震天动地咆哮着唱道：

天上掉肥肉啊，做梦也没想到啊！

肉那个肥呀，是真肥呀！

自己爬进饭锅里来啊！

逃跑小队听到这些唱词，相互看了一眼，终于反应过来熊歌里唱的是什么肉。

熊唱罢，对驴说："该你唱了。"

可怜的驴吓得哪儿还顾得上唱歌，但是它只能硬着头皮唱：

快往洞外看呀，洞口挂着啥呀！
快往洞外看呀，洞口挂着啥呀！

听驴这么唱，狼和熊互相使了个眼色，让小熊去洞口看挂着什么，还嘱咐它："要是没什么就赶紧回来；要是有什么不寻常，就立刻跑得远远的。"

小熊出去后，抬头一看，吓得不轻：洞口光秃秃的树枝上挂着一张狼皮。

小熊吓得大叫一声，撒腿就跑。洞里的狼和熊等了半天，没有等到小熊回来，于是派了另一只小熊出去，结果也是不见回来，最后它们派了小狼出去："去，出去看看，看看洞口那儿到底有什么？"

小狼也没回来。于是，一个接一个的，所有的小狼和小熊都消失在黑暗中了。

狼和熊等不着自己的孩子，决定亲自去看看它们都去了哪里。客人们以为它们是要吃自己，吓得瑟瑟发抖。羊跑到洞口，想要用角顶开洞门，结果门没开，反倒被堵上了，它们吓得大叫成一团：驴"啊——啊——啊"地大叫，公鸡飞到架子上喔喔啼叫，狐狸尖叫着把头钻进锅里，只露出尾巴。

好在羊清醒过来，它抬起头，想看看到底怎么回事，门没了羊角顶着，自然开了。狼和熊冲了出去，看到狼皮，吓得尖叫一声，转身逃跑了，跑过九片森林，跑到第十片林子的时候，停下来喘着粗气。

"哎，"熊说，"刚才那是什么？我都没看清！你听到没，老伙计，好像有个红冠的怪物在大声喊，说要用绳子把我们都吊起来！"

"还有你看到了吗，老伙计，有个长尾巴的怪物在洞里乱窜找绳子？"

"幸好咱们跑得快。"熊叹了口气，然后和狼一起去森林里找它们的孩子们。

驴、羊和公鸡这才明白，住在林子里比和人类住在一起还要凶险，于是它们又回到了村庄。可怜的狐狸至今也没把头从锅里拔出来。

岩羚羊和葡萄藤

猎人们追赶岩羚羊追了一整天。到了傍晚，被追到林子外的岩羚羊跳进一大片葡萄园里，藏在一根葡萄藤蔓下一动不动。猎人们追到葡萄园，往园子里看了很久，什么也没看到，于是背起枪走了。他们刚走出岩羚羊的视线，岩羚羊就不耐烦地站起来，贪婪地吃着藤蔓上的绿葡萄和嫩芽。这时，一个猎人听到了动静，回过头来，看到有棵藤在晃动。只见他迅速拿起步枪，瞄准，开枪，击倒了正在大快朵颐的岩羚羊。

"活该！"葡萄园最中间的一棵老树骂道，那神态像极了一只展开翅膀保护鸡崽的老母鸡，"葡萄藤救了你的命，你不知道感恩，还吃它的果子和嫩芽！"

聪明的山羊

　　一个炎热的夏日，狐狸正在追赶一只长耳朵兔子。兔子情急之下跑进菜园，面前却是一个大水坑，它一个箭步跳了过去。狐狸也跟着跳，却跌进了水坑，它想往外爬，却爬不出来——水坑太深了。狐狸泡在寒冷的水中颤抖着，水都没到脖子了。突然，一只山羊摇晃着他那"聪明"的脑袋瓜，走到水坑边，看见狐狸，便问道：

　　"你在这儿干什么呢？"

　　"泡澡。日头实在太烈了，我这不想凉快一下嘛。菜园主人是我的朋友！"狐狸回答道。

　　"这水怎么样？凉快吗？"山羊问道。

　　"简直太凉快了！"狐狸喊道，然后一头扎进了水里。

　　"那我也跳下去泡一泡。"山羊说。

　　"跳吧，小心点儿，别把水弄浑了！"

于是，大胡子山羊低头弓身，跳进了水坑。

狐狸尖叫道：

"唉呀！把我都弄湿了！皮毛全湿透了！你会不会跳啊？"

"那你说应该怎么跳？"山羊问道。

"我现在就跳给你看，你得先让我从坑里出去，然后站在边上看着我跳。"

山羊站了起来，狐狸爬上它的背，然后又踩着它的角爬出了坑。

"再见，愚蠢的脑袋！"狐狸喊道，挥了挥爪子。

山羊生气了：

"我的脑袋才不愚蠢，我的脑袋是聪明的！"

"要是真聪明，你现在就不会被我骗到水坑里了！"狐狸说完就跑开了。山羊在坑里待了三天三夜。第四天，园子主人来了，用绳子拴住羊角，才把它拉了出来。

饿　狼

一匹饿狼在外觅食的时候，看见老马正在草地上吃草。狼走到老马跟前，说：

"马呀，老马呀，我真庆幸找到了你，实在太饿了，让我把你吃了吧。"

"你吃我倒是可以，"马回答道，"但你父亲像你这么大的时候可不像你这样。"

"它是怎么样的？"

"当年，它逮住马时，会先把后蹄铁拆下来，免得咬马腿时硌牙，然后再剥马皮，有时候也直接咬死。"

"那好，"狼说，"那我也照着我父亲的做法来。我先把你的马蹄铁给拆下来！"狼绕到马身后，张开嘴准备把马蹄铁给咬下来，那匹马趁机抬起后腿，用力一蹬，正好踢中了狼的嘴巴。狼被狠狠踢飞，摔在地上，而马则逃之夭夭。

狼清醒后站了起来，又颤颤巍巍地走向羊圈。

它看见河边柳树下，有两只大肥绵羊正在吃草。

"哎，大绵羊们，我来吃你们了！"狼喊道。

"你父亲像你这么大的时候可不像你这样。"

"它是怎么样的？"

"那时候，它看见河边有群羊，便在水潭边坐下来，先叫羊们走开百步，然后再对羊说：'现在往我这跑！谁先跑到，我就吃谁！'"

"好吧，那我也这么做。"狼说着坐到了潭边。绵羊们朝后退了几步，然后突然奔跑起来，用角狠狠顶狼，狼被撞倒，掉进了深潭，差点被淹死。它浑身湿淋淋地爬上岸，抖落身上的水，在太阳底下晾了一会儿，然后四下看看——绵羊早已逃之夭夭，不见踪影了。愚蠢的狼叹了口气，又朝田野走去。

它看见一头老驴正在踩麦子。

"喂，你个驴驹子，"狼咆哮道，"你怎么祸害麦子？这不是添乱吗？还不快趴下，我要吃了你！"

"哦，老兄，"驴大声叫道，"你来得正好！我都找你一早上了。你还不知道吧，村里正敲锣打鼓呢，我家主人要娶媳妇儿，但是他没有相好的呢，所以派我来找你啊。早就给你备了五只烤羊，还有大礼呢。"狼一听可乐了。

"那还不快给我带路，"它说，"你不是认路吗？"

"我给你带路？你还能走吗？腿不酸吗？还是骑到我背上，我驮你吧。"于是，狼骑在驴背上便启程了。它们刚进村子，村民们便开始大喊："狼！狼！"他们拿起手边的棍棒、耙子、斧头，冲向驴和狼。

"瞧瞧，有多少人出来迎接你啊！"驴说。

"我看见了，但他们为什么拿着棍棒、耙子和斧头？"

"这是他们的习惯。"村民们冲过来，不由分说就开始打狼。狼好不容易才保住了小命，它爬到了树林里，拿起一块石头就往自己的头上砸，边砸边说道："唉，这脑袋，这脑袋，都是因为你！"

不知感恩的熊

一天，樵夫去林子里砍柴。他走着走着，看见一个大深坑，坑里站着只熊，它低声嘶吼着，显然是掉进猎人的陷阱里了。

"熊，你在这儿做什么？"樵夫问道。

"我一头栽进这个坑里，爬不出来了。好心人，你帮我一下吧，我会报答你的，让我做什么都行。"

"我该怎么帮你呢？"

"拿个梯子放下来，"熊建议道，"我顺着梯子就能爬上去。"

"可我没有梯子啊，但我可以给你递一块车板。"樵夫回答道，然后把一块车板放到了深坑里。

熊小心翼翼地踩着车板慢慢爬了上来，总算保住了自己的小命。

"樵夫大哥，你救了我的命，你说，我该怎么报答你呢？"

"不用报答我，我只不过顺手把一块板子放到了坑里而已。"

"不！"熊生气地说，"一言既出，驷马难追！我答应了报答你就必须要报答你。我冬天储存了三罐蜂蜜，你跟我回家吧，我给你拿上一罐。"

"也好！"樵夫想着，然后就跟着熊去了。

熊给了他一罐蜂蜜，临别时说：

"记着，你吃蜂蜜的时候，想着是我在报答你。这蜂蜜是给你一个人的，不能分给别人。要是让我知道你把蜂蜜给你妻子或孩子吃，就别想活命了。到时候我会吃了你。"

樵夫记下了熊的话，拿上蜂蜜罐子，砍好柴后赶车回了家。

孩子们在门口迎接他，看到马车上有个罐子，高兴地跳了起来，问爸爸罐子里装的是什么。

"里面什么都没有，"樵夫回答道，"就是一个空罐子。"

说完，他卸下车上的柴火，把蜂蜜罐子藏在仓库的角落里，还不忘偷偷尝了一口，没承想却被孩子们看见了，他们开始恳求他：

"你在仓库里藏的是什么东西啊？也给我们尝尝吧！"

樵夫想着自己吃了蜂蜜，而孩子们只有眼馋流口水的份儿，确实不好，怕他们会伤心，就想跟孩子们说："你们也尝一尝吧！"但是，万一被熊发现了怎么办呢？最后，他还是去了仓库，拿出罐子，对孩子们说：

　　"好吧，就给你们尝尝，不过你们得先去院子里看看，有没有外人。"

　　孩子们出去看了一下，很快就回来了，对他说：

　　"院子里没有人，只有妈妈的连衣裙在风中飘动。"（实际上，那是隐藏在附近的熊，他们说的话它都听见了。）

　　孩子们把蜂蜜吃光了，罐子都给舔得干干净净。樵夫把空罐子放回仓库，转身就看到了熊。

　　"咱们不是说好了吗？樵夫！"熊说道，"你不是答应我了吗？"

　　"去洗个澡吧！"熊说道。

　　"为啥要洗澡啊？"

　　"因为我要吃了你！"

　　樵夫害怕极了，但他无计可施，只能跟着熊去河边洗澡，走着走着，眼泪就流了下来。

　　这时，一只狐狸恰巧经过。

　　"你为什么哭？"

樵夫把事情经过讲给狐狸听。狐狸仔细听完，然后点了点头。

　　"简直是胡说八道，我可不相信……"

　　"你哪里不相信，小狐狸？"

　　"不相信你这头熊能在板子上走，除非我亲眼看见！"

　　"怎么不能，"熊咆哮道，"我不仅能在板子上走，还会爬树呢。"

　　"除非我亲眼看见，要不我才不信呢！"

　　"跟我走！"熊生气地说道，"我让你见识见识我的本事！"

　　"去哪里？"

　　"去森林。"

　　于是，三人一起进到森林，找到了一个陷阱。熊咆哮着"一、二、三"就跳了进去。

　　"哎！樵夫，快给我扔下来块板子！"

　　"别给它扔板子，扔下去个斧头砸它，千万别救它上来！"狡猾的狐狸劝说樵夫道。

说谎的山羊

　　一只老鹅走出家门，想着去河里捉些鱼来吃。只见它过桥的时候突然伸直脖子，瞪大右眼，原来是看到梅达尔爷爷家的磨坊正浓烟滚滚（其实，那不过是磨坊外的牛粪冒出的热气）。

　　"嘎嘎！"不明就里的蠢鹅居然被吓得大叫，"不好啦，哪里着火啦！"

　　"呱呱，你没看见吗？岸上都烧着了！都烧着了！还等什么呢？还不快跑啊！呱呱！"青蛙冒出水面说道。

　　"快跑啊！"癞蛤蟆也附和着。

　　老鹅拍打着翅膀，抬腿就往橡树林跑，穿过树林，又往远处的林子里跑。跑到一块林中空地上，它害怕得直哆嗦。

　　"你好啊！欢迎你！可是你怎么抖得那么厉害？"灌木丛里冒出一只狐狸，问道。

"唉，狐狸大姐，吓死我了，我还没回过神来！"

"怎么了？"

"怎么了？"鹅吃惊地说！"着火了呀！快跑吧，火眼看着就要烧到这儿啦！"

"那咱们赶快一起跑吧！"狐狸听信了老鹅的话，顺着林子里的羊肠小道撒腿就跑，鹅紧跟在后面。

它们跑啊跑，跑到了狼窝。

狼探出头问：

"你们跑什么？"

"着火了！"鹅边跑边和狼说。

"那我也和你们一起跑吧？"狼从窝里钻出来问道。

"一起跑吧！"狐狸同意了。

于是，它们三个一起跑。跑啊，跑啊，跑到了熊冬眠的水洼边。熊刚睡醒，正在那里洗眼睛。

"站住！"熊吼道。

"站什么住呀，火马上都燎到屁股啦！"逃难者们异口同声地回答。

"嗷——"熊害怕得大吼一声，一溜烟儿地跟着大家跑上了。它们一直跑到森林深处，迎面碰到了一只长胡须山羊。

"山羊，快和我们一起跑吧！"狼喊道。

"跑去哪里啊？为什么要跑啊？"山羊问。

"着火啦！"

"那得逃啊。"山羊想着，然后跟了上去。它们一直跑，一直跑，跑到上气不接下气才停下来。

"哎呀，都跑饿了！想吃口新鲜肉！"熊说，"咱们先吃谁呢？狐狸大姐！"

"吃谁？吃山羊啊！"狐狸回答。

"为什么吃我？"山羊惊讶地后退了一步。

"因为你胡子长啊！"狐狸说。

"抓住它，把它拖过来！"熊吼道。

就在狼要抓住山羊耳朵时，山羊飞身抬起前蹄，大喊一声：

"快看，快看！天上掉烤羊肉啦！"

这山羊可真能说瞎话！野兽们听了它的话不禁抬头往天上看，它却趁机钻进灌木丛，消失不见了。山羊跑出很远，跑到了一个村庄，见到个羊圈便一头扎了进去。这一幕被牧师看见了，牧师嘱咐自己的羊倌儿：

"有只羊来投奔咱们了，现如今咱们就有两只羊了，你明天带它去个好草场吧。"

第二天一大早，天还没亮，羊倌儿就赶着山羊出发了。这个不速之客一整天都美美地啃着青草，渴了，还能喝口清凉的溪水。

傍晚，老实的羊倌儿赶着山羊回来。牧师守在门口问山羊：

"你今天开心吗，山羊？吃得好吗，喝得足吗？"

"别提了！"山羊真是睁着眼睛说瞎话，"你那羊倌儿把我带到沙漠里，拴在沙棘上就不管我了，人影儿都不见！我可是一口草没吃上，一口水也没喝着啊。"

牧师听后非常生气，赶走了羊倌儿。

第二天，牧师又派自己的女儿去放羊。他让女儿带山羊去河边的草场，那儿的水草最丰美。

傍晚时分，牧师问山羊：

"今天你开心吗，山羊？吃得好吗，喝得足吗？"

"别提了！"山羊还是大言不惭地说瞎话，"你那闺女把我带到沙漠，绑在荆棘丛上就不管我，自己跑出去玩了。我可又没吃上一口草，没喝上一口水。"

牧师大怒，赶走了女儿。

第三天，牧师又让自己的妻子去放羊。晚上回来的时候，山羊又撒谎："你那懒婆娘把我牵到沙漠，绑在荆棘丛里就不管我了，尽和别的婆娘说闲话，我这一天没吃上一口草，也没喝上一口水。"

牧师非常生气，把妻子也赶出门去。

第四天，牧师特意戴上神父帽，亲自去放羊。羊低头吃草的时候，牧师就专心地陪在旁边，山羊美美地吃了一整天草。

傍晚时分，牧师故意先跑回家，躲到栅栏后面，捏着嗓子问道：

"你今天还开心吗，山羊？吃得好吗，喝得足吗？"

"快别提了！"说谎的山羊依旧不知悔改，"那个神父把我牵到沙漠，绑在荆棘丛就不管我了，也不知跑哪儿闲扯去了。我一口草也没吃，一口水也没喝。"

"哼！你这个撒谎精！"牧师被气坏了，"看我不宰了你，剥你的皮，烤了你！"

说完，他提起尖刀朝山羊走过去，寻思照着胸口来上一刀，没想到，一刀又一刀，居然没杀死山羊。他又开始剥皮，皮也没剥下来。他恼羞成怒地抓起山羊角扛到肩上，准备把它直接扔进炉子里烤。此时，山羊又故技重施，对牧师说："快看，快看，天上掉烤羊肉啦！"

牧师信以为真，抬头往天上看，顺势把山羊放了下来。山羊又得逞了，趁机跳过栅栏，跑进了林子里。牧师忙追出来，追啊追，直追到了熊窝，山羊嗖的一下钻进熊窝，牧师也跟了进去，山羊顶起角，开始大叫：

"宰我宰我宰不成！

"扒皮扒皮扒不掉！

"烤我烤我烤不着！

"我角磨尖顶翻你！

"我蹄修利踏倒你！"

"唉！还敢叫嚣，真是不知天高地厚！"牧师一反常态，"看我怎么教训你！"说完，便怒气冲冲地去找熊。熊听牧师说山羊跑进了自己窝里，赶回去冲着窝里吼道："山羊，快给我滚出来！"

山羊继续叫嚣道：

"宰我宰我宰不成！

"扒皮扒皮扒不掉！

"烤我烤我烤不着！

"我角磨尖顶翻你！

"我蹄修利踏倒你！"

熊居然被山羊的气焰给吓到了，跑去找狼。

"它在哪儿？那个撒谎精！把它给我带来！"狼大叫道。

"在我窝里，你快来！"

"看我不揪掉它的耳朵！"狼号叫着往熊窝里跑，窝里还飘出山羊的挑衅：

"宰我宰我宰不成！

"扒皮扒皮扒不掉！

"烤我烤我烤不着!

"我角磨尖顶翻你!

"我蹄修利踏倒你!"

听到这些话,狼不禁害怕起来:"啊呀,太可怕啦!"

"咱们怎么办啊?"熊发起愁来,"我今天晚上睡哪儿啊?谁来帮帮我啊,谁把这可怕的山羊赶走啊!"

"我来!"一只蚊子尖声叫着飞到熊洞里。

"嗡——嗡——嗡!还不快滚!"

蚊子飞进山羊耳朵里呵痒,山羊被痒得满地打滚儿,难受得不知道怎么办,也顾不上叫嚣了。

"哎——蚊子!你快出来,我痒死了!"

蚊子一直把山羊闹腾出熊洞才罢休。山羊刚出洞就被牧师逮个正着,一把摁倒在地。

"我刀呢?这就宰了你!"

"哎!它可是我的!"熊咆哮着。

"应该是我的!"狼号叫着。

狐狸也突然跑过来要分一杯羹。

"你们这样吵到天黑,也争不出个结果,"山羊说道,"我给你们出个主意吧,你们都退后一百步,然后我数数,数到三,你们就朝我这跑,谁跑得快,我就归谁。"

吵得不可开交的几个家伙居然又听信了它的话,开始往后退，刚退后几步，山羊拔腿就跑，穿过林子，又往远处的山跑去。

"抓住它！抓住它！"大家这才反应过来。

然而，此时山羊已经跑得无影无踪了。

"山羊跑了，那就吃你！"熊咆哮着，扑向了牧师。

牧师惶恐中竟也说起了瞎话：

"好吧，吃吧。快看天！天上掉烤羊肉啦！"

"还说这个！骗谁呢！"熊说着，站起身把牧师扑倒在地。

狡猾的彼得和蛇

传说，远古时期的地球上住着一种巨大的怪兽，它们生着火焰般的翅膀，一旦起飞，两眼便失明。它们盘踞在深山的洞穴里，如果洞外的人类爆发血腥的战斗，它们也会出洞激斗一番；但因为飞起后眼睛看不见，它们只能在战士们的头顶上呼啸盘旋，短兵相接时，天空中会电闪雷鸣。这些怪兽叫"蛇"。后来地球上发了大洪水，它们为躲避灾难长途飞行，翅膀疲惫不堪，落地后又不会游泳，全被淹死了。只有一条蛇爬进了诺亚方舟，躲过了一劫。等洪水退去后，它不得不四处为家。最后，它找到这个山洞，还抓来个老巫婆做女仆，让她看守洞穴，自己又出发遍寻大力士去了。

蛇遇到的第一人是狡猾的彼得，它问彼得："嘿，人，你是大力士吗？"

"是啊。"狡猾的彼得回答。

"你有什么绝招儿？"

"我？我能把石头攥出水来。"

"我不信！"蛇说。

"我让你见识见识！拿块石头挤不就得了。"

蛇听罢从地上拾起一块石头，挤了一下，根本没有水流出来。

"看我的吧！"狡猾的彼得说着拿起一块石头，然后悄悄地从包里拿出一块奶酪，把奶酪和石头一起挤，奶酪中的水被挤了出来。蛇见状惊讶不已。

"你真是比我力气大，我认你当大哥吧！"

"好啊。"狡猾的彼得同意了，他们成了兄弟，一起上路了。他们来到一个葡萄园，园中央长着一棵高大的樱桃树。蛇挺立起高大的身躯，摘下树上果肥汁甜的大樱桃开始大快朵颐。狡猾的彼得急得在树下来回走动，看得着，吃不到。

"你怎么不吃大樱桃啊，兄弟？"蛇问道。

"太高了，够不着。"狡猾的彼得回答。于是，蛇咬住树枝，把它拽到地上。

"快吃吧！"

狡猾的彼得抓起树枝，刚要摘大樱桃，还没等放进嘴里，蛇就松开了嘴。树枝弹了回去，而狡猾的彼得像只鸟一样被弹飞出去，飞过树梢，落在了荆棘丛旁。而丛中有一只正在打盹儿的兔子，兔子被吓了一跳，嗖的一下蹿了出去。

"你怎么了，大哥？"蛇吃惊地说。

"我看见一只兔子，想着跳过樱桃树抓住它！居然让它给跑了。真是老了！"

蛇听后更佩服它了！它们继续前进，来到了一片森林，里面到处都是兔子、羊和鹿。

"想不想把整片森林都围上，捉些猎物来当晚饭？"蛇提议道。

"当然想！"狡猾的彼得回答。说干就干，蛇推来一堆石头，砌起墙，任劳任怨，而狡猾的彼得只是用泥巴把石头的缝给堵上。不知过了多久，他们终于把墙围好，顺理成章地捕获了所有的动物。他们烤了一百只鹿、两百只羊和五百只兔子，然后坐下来享受晚餐。蛇一口吞下三只兔子，而狡猾的彼得只勉强吃下一条小鹿腿。

天黑了，他们一起回到山洞休息。女巫出来迎接，还特意用蛇语问蛇：

"这是谁？"

"我认的大哥。"

"你为什么认他当大哥？"

"因为他比我厉害啊。"

"那你还不干掉他！"

"怎么干掉他？"

"晚上，趁他睡着的时候一锤砸死他！"

狡猾的彼得会世界上所有的语言，自然也听懂了巫婆的蛇语。他听得脊背发凉，却不动声色。等大伙都睡着的时候，他悄悄起身，走出山洞，捡了一袋石头，放到自己的位置上，然后躲在角落里等着。午夜时分，蛇起身，抢起一把大锤（至少有一百斤重）冲着袋子便猛砸下去。石头被砸得火花四溅。蛇砸啊砸，最后说："血肯定都流光了！"然后便回去睡觉了。

天一亮，狡猾的彼得走了出来，喊道：

"早上好啊，兄弟！"

蛇睁大了眼睛。

"你怎么还活着？我昨天夜里明明把你砸成肉饼了啊！"

狡猾的彼得笑了。

"我这不好好的吗？昨天睡觉的时候好像有个跳蚤在咬我。兄弟，你还想杀我，我都已经练成金刚不坏之身啦！"

"你是怎么练成的？"

"我在水里练的！"

"那你也教我练吧！"蛇请求道，"我们可是兄弟。"

"好啊。"狡猾的彼得同意了。

蛇叫巫婆过来，让她生火、支锅、烧水。狡猾的彼得让蛇爬进一个大桶里，蛇虽迟疑，但还是跳进去了，狡猾的彼得立刻用钉子牢牢地封住了桶。只留下一个小孔，然后开始往里面灌热水。

"哎哟哎哟！大哥，我要被煮熟了！"蛇尖叫。

"兄弟，如果你想变得跟我一样厉害，就忍一下吧！"狡猾的彼得回答。

说完，把所有的开水都倒进桶里后，还嘱咐老巫婆：

"得让它一直待在桶里，晚上它才能练成金刚不坏之身！一定要等太阳下山时再放它出来。"

说完，狡猾的彼得就出洞去了。老巫婆等到天黑，看到月亮升起时，她打破了桶，看到蛇已经被煮熟了。就这样，地球上最后一条蛇也死掉了。

佩特科爷爷和佩娜奶奶

　　村里住着老两口儿——佩特科爷爷和佩娜奶奶。虽然已相伴一生，却也磕磕绊绊。

　　有一天晚上，佩娜奶奶煮了一锅美味的豆子汤，他们把整锅汤都喝光了。

　　"我做的饭，"吃完饭后佩娜奶奶说，"你洗锅吧，洗干净了，明早我好拿它去挤牛奶。"

　　"洗碗是你们女人该干的活儿！"佩特科爷爷回答，"你自己洗吧！"

　　"我可不洗！"

　　"那就不洗！"

　　天色渐晚，老两口儿收拾收拾准备睡下了。

　　"老婆子，"佩特科爷爷说，"明天你早点起，给我煮碗面包渣汤吧，我喝了汤再去林子里砍柴。"

"没有锅怎么挤牛奶？没有奶咋煮汤？叫你赶紧去洗锅子，明天才有汤喝。"

"我才不洗。"佩特科爷爷坚持。

"要不咱俩打个赌吧，谁输了谁洗。"

"赌就赌！"佩特科爷爷同意了，"赌个啥？"

"看谁先说话，谁先说话谁就输了。"

于是，他们就真的谁也不说话，默默地睡下了。一夜过去，太阳又升起，牧羊人放羊去了，村里人也都纷纷出门干活儿去了。只有那老两口儿在家抿着嘴，一动不动，一言不发。邻居们只听到这老两口儿家里奶牛饿得哞哞叫，往院里看，好像没人在家。他们不放心地走进院子，看见老两口儿竟然在家呢，只是相对而坐，谁也不说话。

"佩娜大婶，您怎么了？咋不挤奶啊？"一个邻居问道。

佩娜奶奶想回答，急得直眨眼，眨得眼泪都在眼圈打转了，也没有说话。

"到底怎么回事啊，佩特科大叔！婶子怎么不说话呢？"

佩特科爷爷也不出声，只是使劲摇摇头。

"咦，"邻居惊讶地说，"这老两口儿怎么变哑巴了？伊格纳图什卡，儿子，快去叫大夫啊！"

小伊格纳图什卡听罢，翻身上马，直奔村里大夫家去。

其他邻居见他们没事也就各自忙活去了：种地的种地，去集市的去集市，回家的回家。最后，只剩下一个老婆婆和一位神父。

神父也要走了，对老婆婆说："你留在这里等大夫吧，先照看一下这老两口儿，可别有什么闪失。"

"我可不想留，神父。"

"为什么不想留？"

"留下怎么干我家的活儿啊。要我留下来也行，你得付我工钱。"

"你说什么？哪里有神父出工钱的道理？"

神父四下看了看，看到墙上挂着一件破围裙，便伸手去拿。

看到这情形，佩娜奶奶急得跳脚，开口说道：

"你竟然想把我的围裙给那个懒婆娘，我以后穿什么？"

佩特科爷爷径直站起身来，说道：

"你先说话了，你洗锅！"

神父和老妇人终于明白了，为什么老两口儿一直像哑巴一样不吭声，无奈地摇了摇头，起身离开了。

驴耳朵国王

　　特拉扬国王长了一对驴耳朵，他总是把它们藏在皇冠下面，没人知道陛下皇冠下的秘密。每次理发师给国王理完发后，刽子手就会进来砍掉理发师的头，以防他泄露国王驴耳朵的秘密，这不，王国里的理发师已所剩无几。

　　有一次，国王召见一位年轻的理发师。他颤抖着，诚惶诚恐地来到王宫。为国王理发时，他看到了国王的驴耳朵，立刻移开视线。国王问他：

　　"可有兄弟？"

　　"没有，"他回答，"我是家中独子。"

　　"那好，饶你一命，只要你发誓不告诉任何人你所见到的。一旦泄露了秘密，你就没命了！"

　　年轻理发师发誓保守秘密，国王便放他回去了。回到家后，这个秘密压得他痛苦不堪，身体日渐消瘦下去，变得越来越弱不禁风。母亲看到儿子憔悴的样子，很是心疼，便对他说：

"儿子，你是有什么心事吧？"

"不能说！妈妈，我发誓不能告诉任何人。如果我说了，我就得死。"

聪明的母亲叫儿子去林子里挖一个深坑，然后弯下身子，把他的秘密说到坑里。

儿子很听话，照做了，去林子里挖了一个坑，跪在坑边，大喊三声：

国王长了驴耳朵！

国王的耳朵像驴！

国王长驴耳朵啦！

喊完后，他填上了坑，立刻感到如释重负，便回家去了。

没过多久，那个地方居然长出了一棵刺槐树。有一天，牧童们经过它，顺手折下根树枝，做成个小笛子吹起来。没想竟听到笛子唱道：

国王长了驴耳朵！

国王的耳朵像驴！

国王长驴耳朵啦！

怎么办！消息很快传遍了整个王国，国王大怒，命人捉拿理发师。理发师如实向国王禀报了事情原委。于是，国王亲自从那刺槐树上取下一根枝条，做成笛子吹，笛子确实又大声说出了国王的秘密。此后，国王再也不隐藏自己的驴耳朵了。

狐狸和磨坊主

狐狸拿出两个口袋，灌满水，绑好，背上，便出发了。

出发前，它对小狐狸宝宝们说：

"亲爱的小尾巴们，今晚你们自己留在洞里，躺下闭上眼睛睡觉就行。夜里千万不要出洞。月亮出来的时候，林子里有蛇来回游荡，要是让它发现，可会吃了你们的。"

"你拿着空袋子要去哪里啊？"聪明的老小问。

"去磨坊，磨点面粉回来，明天好给你们烙饼吃。要是顺路能逮到只鸡，还能给你们加鸡腿。"

狐狸说完就去了磨坊，小狐狸们乖乖躺下睡觉。没过一会儿，一只萤火虫飞过狐狸洞口，闪了两三下后飞走了。

"那是什么？"傻老大问。

"萤火虫啊。"聪明的老小回答。

"咱们把它抓到洞里，就不黑啦。"

"好主意！"小狐狸们一窝蜂冲出洞口，去追赶萤火虫。这时，一轮明月升起，蛇出动觅食了。蛇住在森林深处，一座富丽堂皇的白大理石宫殿里面。它昼伏夜出，喜欢吃兔子和小狐狸。但它却有个弱点——黑暗中什么也看不清，所以总是等月亮升起才外出行动。它看到了小狐狸们，嘶嘶吐着芯子，冲上前把小家伙们都吞了下去。此时，狐狸妈妈刚赶到磨坊，把袋子从背上卸下，放在窗下，松了口气说：

"啊，这袋子真沉啊！嘿，老板，把这两整袋麦子给我磨成面吧，明天好烙小饼。我回家看看我的小狐狸们再回来取。"

"好嘞！"磨坊主的声音从窗户里传来。狐狸悄悄走到庭院的磨旁边，拿起一把刀，回到窗前，用刀戳破了那两个水囊。水倾泻而出，袋子瘪了。狡猾的狐狸又在庭院里转了一圈，找了个隐蔽处躺下休息。休息好之后，它想溜进鸡窝，但门锁上了，鸡是偷不成了，于是又折回磨坊。

"我的面磨好了吗？"它问磨坊主。

"还没有，你家麦子袋子放在哪儿了？"

"就放在你家窗户下面了。"

磨坊主去拿麦子，低头一看，袋子被划破了，里面什么也没有。

"哎呀，不好，你的麦子让人给偷走了！"磨坊主哀叹道。

"偷走了？我怎么不知道！"狐狸对他咆哮道，"我不管，反正你得给我磨面粉！"

"没有麦子，我怎么磨面粉？"

"怎么不能磨？你那地上不是堆着那么多袋麦子嘛，从每个袋子里舀出一碗，不就把我的袋子补满了？你要是不赔给我麦子，我就去告你！"

"好吧，给你赔！"磨坊主同意了，从别人的袋子里舀出麦子，磨成面粉装进了狐狸的袋子，装了满满两袋子。

狐狸扛着面粉往回走，回到洞里的时候天还没亮。它到处都没看到小狐狸们的踪影，于是放下面袋跑了出去。洞口外，它拦住萤火虫问道：

"你看见我的孩子们去哪里了吗，兄弟？"

"看见啦，都被蛇给吃了！"

"天哪，我的可怜孩子们啊！这飞来的横祸啊……我要让那该死的蛇血债血偿！"说完，狐狸又跑回了磨坊。

"好兄弟，"它说，"你给我磨了这么好的面，我要好好报答你，我要把国王的女儿说给你！"

"快别逗我了！"

"相信我，包在我身上，跟我走吧！"

磨坊主想着："要不试试看呢？"于是，他穿上鞋跟狐狸走了。他们走啊，走啊，终于走到了一座城下，城里王宫庄严耸立，狐狸停在宫门前对磨坊主说：

"你先躲在那座桥下等我，我这就进宫去。"磨坊主听话地躲在桥下，狐狸径直穿过田野奔向宫殿。田野里有一群马、一群羊和一群牛。狐狸跑到牧羊人跟前，请求他道：

"如果一会儿有人问起这些马牛羊是谁的，你就说是你主人拉波唐先生的。"

嘱咐完毕后，它到了王宫，走了进去。国王是狼族，和狐狸一向交好。

"欢迎啊，我的朋友！是遇上什么难事了吗？"国王友好地问道。

"我要给你的女儿说门亲事。"狐狸回答道。

"说给谁？"

"拉波唐先生。"

"他富有吗？"国王好奇地问道。

"他拥有不计其数的马、牛和羊，住在大理石打造的宫殿里。"

"那他现在在哪里？"

"我们来的路上遇到了强盗。他们抢走了拉波唐先生的衣服，他现在赤身裸体，无法来拜见您。"

"我赐他一套新衣服吧！"国王说完，命人即刻把一套上好的衣服送到桥下。磨坊主穿戴整齐后前往宫殿。不久后，他和公主便举行了婚礼。然后，国王、狐狸和一对新人一起坐上金色马车，加入了送亲的队伍。马车离开宫殿时，磨坊主弯下身子对狐狸耳语道：

"咱们把公主带到哪里去？难不成是磨坊吗？"

"你小声点儿！"狐狸回答说。队伍穿越田野的时候，国王问牧羊人：

"这是谁的牧群？"

"我主人拉波唐先生的！"牧羊人回答道。

"看来，这位拉波唐先生确实很富有！"国王想。

国王派了一整团护卫随行，田野里萦绕着震天的鼓声。

黄金马车来到了森林，狐狸跳下车说：

"你们继续往前走，我先去宫殿，通报仆人们准备好迎接贵客。"

说完，它便钻进了茂密的树林，去到了那个人类还从未踏足过的地方，直奔向蛇的白色大理石宫殿。

"他们到了！"它高声喊道。

蛇探出头来看了看窗外。"谁到了？"它问。

"一整团的士兵，你没听见他们的鼓声吗？"

"他们要干什么？"蛇吓坏了。

"他们来剥你的皮！"

"啊，天哪，我该怎么办？"

"躲起来啊！"狐狸建议道。

"躲哪里啊？"

"躲进炉子里！我拿稻草给你盖上，这样他们就发现不了你了。"

蛇躲进炉子，狐狸拿了一筐稻草盖在它身上；然后点燃了稻草，蛇就这样被活活熏死了。

国王和随从们来到宫殿前，看到大门敞开着，狐狸站在门口。

"欢迎光临！"狐狸邀请他们道。来宾们进入宫殿，对富丽堂皇的宫殿赞不绝口。磨坊主更是吃惊不已。

"怎么样，我的宫殿气派吧！"他说着，领着新娘徐徐走进宫殿。婚礼一直到午夜才结束，而后，一对新人入洞房，士兵们也在花园里找到位置安睡了。所有人都进入梦乡时，磨坊主突然想起了他的磨坊。谁照看它呢？谁来磨面粉呢？于是，他悄悄起身，走出宫殿，全力奔回了磨坊，连夜磨完了所有的谷物，直干到天亮，才打发工人们回家。他又动身返回宫殿，小心翼翼地打开宫门，生怕吵醒公主，不想她已经醒了。

"你夜里去哪儿了？"她生气地问道。

"我去查看一下，看看牧羊人们有没有看管好我的马牛羊。"

"那为什么你的头上沾满了面粉，像个磨坊工似的？"

"因为我就是个开磨坊的！"他忍不住跟公主坦白了事情原委。公主勃然大怒，吵闹声惊动了全宫上下。她央求父亲带她回家，还带走了所有嫁妆。

"你干的好事啊！"狐狸对磨坊主说道，"难怪人们常说：'不会说谎的人，饿死也活该！'"

"别担心，亲爱的媒人！只要我的磨还转，就饿不死！"

人、蛇和狐狸

　　渔夫沿着河岸，接连撒下渔网，但一整天一条鱼也没有捕到。到了晚上，渔夫正准备收网回家的时候，一个人走到他身边对他说：

　　"等一下，先别收网，再撒一次吧，就当帮我求个好运，无论网到什么东西我都要了，我给你一块黄金作为酬劳。"

　　于是，渔夫把渔网撒向河里最深的地方。收网的时候，一个窄口、塞着铁塞的罐子滚到他的脚下。渔夫弯下腰，捡起罐子对那人说：

　　"罐子很沉啊，里面不是装着黄金吧！咱们打开看看？"

　　"别碰！这是我的罐子。拿上你的黄金，把我的好运给我！"那人喊道。

　　"好吧！给你！给你！我的运气可一直不好。"渔夫摇了摇头，递上了罐子，拿上自己应得的黄金，悻悻地离开了。那人双手捧着罐子，四处看了看，然后躲到桥下开始拔塞子。他的手颤抖不已，心跳加速。费了很大劲儿后，他终于拔出了铁塞子，用一只眼睛瞥了一下罐子里面。就在这一瞬间，罐子里有什么东西动了一下——一条绿眼睛长蛇突然爬了出来。它嘶嘶地吐着芯子，扑向那人，紧紧缠绕在他的脖子上，勒住了他。那人急忙放下罐子。

"等一下！"那人受惊吓地喊道，"你为什么要勒我？"

"因为我发誓要勒死我看到的第一个人。我原来住在你兄弟家里，日子过得好好的，他突然决定不要我了：捉住我，把我塞进罐子里，用铁塞子封住罐口，还把罐子扔进深水潭。我被关了整整三年。你可知道被关着的滋味吗？我差点被饿死了。所以我发誓要勒死我看到的第一个人，你就是第一个。"

"可我是你的救命恩人啊。如果我没有给那个渔夫黄金，你就会永远被困在河底。你想想啊！你这么报答我是不对的！"

"怎么不对？如果我不勒死你，我就是违背了誓言，就是背叛了自己！"蛇振振有词。

"好，那咱们去让遇见的前三个人评评理，看看是谁对。如果他们都说你是对的，那我心甘情愿让你勒死我这个救命恩人。但如果他们说你不对，那你可得从我脖子上下来。行不行？"

"行！"蛇答道。

于是，那人走上大路，蛇依旧缠在他脖子上，只是缠得没那么紧了。他们走着走着，遇见了一匹瘦骨嶙峋的老马。

"第一个，"那人说，"跟它说说，问问它吧。"

蛇探出头给那匹马讲了它的故事。

"我原来住在一个人的家里，过得好好的。不料他突然捉住我，把我塞进罐子里，用铁塞子封住罐口，然后扔到深水潭。我被关在罐子里整整三年，这三年太难熬啦，我差点被饿死了！所以，我发誓要勒死我看到的第一个人，而他就是第一个。你给评评理，我是不是该勒死他？"

"是该勒死他！"那匹马回答。

"你怎么这样说？人们哪儿对你不好了？"那人问。

"他们对我好？"马嘶鸣着回答。

"我生在一个村子，主人很穷。趁我还年轻力壮的时候，他就把我卖给了一个富人，富人看我年轻体壮，对我可好了，还专门让两个马夫伺候我。他们给我梳鬃毛，喝山泉水，喂我精饲料。新主人一步都不愿意离开我。可是等我老了，他又给自己买了一匹更年轻的马，忙不迭地打发我去拉货车。我开始拉木材、沙子和石头盖房子，面粉也给我拉。马夫们经常忘了给我喂干草。吃得不好还得干那么多重活儿，我的腿都开始抖了。有一天，我拉着一大车土豆，不小心绊了一下，摔倒了。主人看到了，摇了摇头，对他的佃农们说：'这匹马老了，不中用了，宰了吧。'佃农们卸下了我的马具，拿起刀子就要杀我。我挣脱他们跑了出来，才勉强逃过一劫。现在你知道我从人那里受了多少委屈吧？"

那人低下头不语，继续与蛇一起往前走。他们又遇到一只老狗。蛇嘶嘶地问狗：

"等一下，我想问你件事。"

"快问，我赶时间！"狗回答。

蛇给狗讲了自己的故事，随后问道：勒死救它性命的人，还是不勒？

"勒死他！"狗咆哮道，"我最恨人了。"

"人怎么你了？"那人问。

"哼，我告诉你，人怎么我了。我原来住在一个富人家里，日子过得很好。但他却要把我赶出家门。我白天黑夜守着家门，看门护院，吃的都是剩菜剩饭。慢慢地等我变老了，一只眼睛看不见了，主人愤怒地说：'这只狗真没用！把它赶走！'于是，他们把我赶了出来。我眼看着大门在我身后慢慢关上，那可是我守了一生的大门啊。我无家可归，只能在外面流浪，望向别人家院子的时候被大骂滚开，他们还朝我扔石头。我实在饿得不行，跑回了家，大门敞开着，我就进去了，主人看见我，居然生气地叫喊："没有人能帮我赶走这只烦人的狗吗？'他的儿子们冲出来，拿起棍棒要把我打死。我好不容易跑了出来，勉强躲过了一劫。"

"那你现在要去哪里？"蛇问。

"我要去投潭自尽。"狗回答道，然后颓然离去。

"你听见了吗？"蛇说完，更紧地缠住了救命恩人的脖子。

"等等，咱们去问第三个，看看它怎么说。"人哀求道。

于是，他们继续往前走，遇到一只狐狸迎面跑来。那人伸出双臂，要拦住狐狸，但狐狸误以为他伸出十根手指是许诺给它十只鸡。

"有什么事吗？"它问。

"有一个人，"蛇开始重复它的故事，"把我塞进一个罐子里，用铁塞子封住罐口，然后扔到深潭里。在那里，我……"

"等等，"狐狸打断了它，"你撒谎，这谁能信啊！说谎也得有个谱啊。你这么大一条蛇怎么可能塞进小罐子里？我可不信。"

"是真的，就是这样的。"人插嘴说。

"是吗？不是亲眼看见，我是不会相信的。罐子在哪里？"

"还放在桥底下呢！"

"走，我必须亲眼看一下，到底能不能把你塞进罐子里。"他们回到桥底下，找到了那个罐子。

"快，爬进罐子里去给我看看！"狐狸说。

"好啊！"蛇回答，从那人脖子上下来，钻进罐子，只把头露在外面。

"你看，我说什么来着，"狐狸大喊，"罐子根本装不下你，头还露在外面呢。"

"怎么装不下！"蛇说着就把头缩回到罐子里。

狐狸低声对人说："快把罐子塞住！"

人迅速用铁塞子封住了罐口，还用石头捶了一下。

"现在，把罐子扔到深潭里，以后就再也看不到这蛇了！"

人依言拿起罐子，把它扔进深潭。

"谢谢你！"他对狐狸说。

"你之前答应给我的十只鸡呢？"它问。

"十只算什么，村里所有的鸡都是你的！饿了就来吃！"那人回答。

从那以后，每天晚上，狐狸都去鸡窝里抓鸡，这可是它的报酬。

狼 和 狗

"这是什么狗？"牧羊人问道。

"牧羊犬。"狗贩子回答。

"它能打得过狼吗？"

"一群狼都不怕。"

于是，牧羊人买下了这只狗，把它带回羊圈。

一天晚上，狼跑来叼走了最肥的羊。狗追了上去，吠叫着。狼跑进树林，狗紧追不舍。牧羊人等了一整夜，等待他的牧羊犬归来。狗直到早上才回来，疲惫不堪，拖着沉重的步子，之后两天不吃不喝。

十天后，狼又偷走了一只羊。同上次一样，它逃进了森林，而狗又追出去整宿，直到早上才回来，又是两天粒米不进。

牧羊人心中生出了疑虑。"我倒要看看，"他决定说，

"我的忠诚守卫去林子里都干什么了！"

当狼抓走第三只羊，狗又去追狼的时候，牧羊人也跟了出去，躲在树后。你猜，他看到了什么？一片草地上，狼停下来，等着狗过去。不一会儿，狗累得伸着舌头跑了过去。然后，森林掠食者和羊群守卫者竟然兄弟般地分吃了那只羊。吃饱之后，还在树荫下打起瞌睡。

"好哇，这对狼心狗肺，狼狈为奸的东西！"牧羊人愤怒地想道。第二天，他给狗拴上绳子，牵到狼群出没的林子里，拴住。夜晚，一群狼冲了过来，第一个扑向狗的便是它的"好伙伴"。

忠诚的守卫

山里的牧羊犬老了，眼睛看不太清楚，牙齿掉光，腿脚也不那么灵活了。

"这老狗真是不中用了，防不住狼了。这样下去，不知道哪天晚上狼就得跑到羊圈里把羊叼走了。"一个牧羊人说。

"那怎么办？"另一个牧羊人问。

"明天早上，我给它脖子上拴个石头，"第一个牧羊人回答，"把它扔进磨坊边的深潭去，再下山去买一只年轻力壮的狗回来。"

老狗听到了他们的话，知道自己活不长了，害怕得原地打转，最后下定决心逃走。它跑出羊圈，跑进森林。在林子里，遇到了一只灰狼。

"你这是要去哪儿啊，大侄女？"灰狼拦住它。

牧羊犬给他讲了自己的遭遇。听完它的事情后，灰狼摇了摇头。

"这些忘恩负义的家伙，"它说，"别伤心！我帮你留在羊圈。你听我告诉你怎么办，你先回家去，趴在羊圈旁边守着。天一黑，我悄悄地翻过栅栏，叼上一只羊就跑，但是我会跑慢点等你。这时候你就开始狂叫，声音越大越好，叫到牧羊人被吵醒冲出来。然后你就装作追我，往林子这儿跑。我到时把羊完好无损地还给你，看看他们到时还要不要你！"

晚上，牧羊人们放羊回来，刚睡着，老狗就大叫了起来，把大家都吵醒了。听到吠声，他们赶紧冲到羊圈。老狗也跟在后面，虽然已经累得喘不过气来了，但它还是奋力追赶灰狼。灰狼专门停下好几次，等它追上来。过了一会儿，牧羊人们在树林边找到了老狗，它已经筋疲力尽，但是把羊完好无损地夺回来了，灰狼却已不见了踪影。

哥哥拍了拍狗头说：

"看看，这狗多厉害！你还想淹死它……"

"是啊，我还不是看它连路都走不稳了，才觉得它没用了。"弟弟回答道。老狗回家后，牧羊人兄弟还特意奖励它一桶牛奶喝。

就这样，老狗留了下来，转眼又过了一年。有一天晚上，月黑风高，老狗听到有人敲门。它用前爪扒开门，看见一只骨瘦如柴的灰狼。

"牧羊人在家吗？"灰狼问道。

"他们不在家，去参加弟弟的婚礼了。"老狗回答。

"求求你给我只小羊羔吃吧，我快要饿死了。"灰狼请求道。

"不行啊！"老狗说，"今晚要是丢了羊，明天我就得被拴上大石头沉潭了。我知道你帮过我，也记着你的恩情想要报答呢！你这就进村去参加婚礼，厨房里烤了七只羊，晚上现宰的，我带你去那儿吃！"

"那我怎么进厨房呢？"灰狼问，口水直流。

"这还不容易。你只要拨一下厨房的门闩，门就开了。不过可得千万注意，厨房里还有两桶葡萄酒，别喝，喝酒会误事的，这就走吧。"

灰狼进了村子，顺着提琴声和鼓声很快就找到了牧羊人弟弟的家。

狼悄悄地靠近厨房，起身往窗户里张望：里面没有人，只有烤好的羊肉装在大盘子里。狼用爪子拨动了门闩，门开了，它走进去，很快吃光了几块羊肉。填饱肚子后，灰狼意犹未尽，没能听狗的劝告，径直坐到葡萄酒桶旁边，尝了一口，顿觉味道不错。它开始小口小口地舔酒，一直舔到酩酊大醉，后来竟爹着胆子大摇大摆地走出来，张开喉咙，嚎叫起来。

主人和宾客们看到有狼，纷纷跳起来，抓起手边的东西，就开始打这个不速之客。狼被打得遍体鳞伤，好容易才跑到山上，一瘸一拐地跑回到狗身边。

　　"我帮你留住了狗命，"它对狗说，"你却把我送进了村子，让我差点没命。你这个忘恩负义的家伙，我是不会原谅你的。我要叫我的朋友们来一起收拾你。"

　　"既然咱们不能好说好商量，那就打一架吧！"狗回答道。

　　第二天，狼叫来了森林里所有动物：熊、狐狸、兔子、刺猬；狗只带上了猫和鹅，家里只有它们了。

　　狼的朋友们一字排开，准备战斗。狼还派兔子爬到树上，观察敌情。不久后，兔子在树上尖叫道：

　　"来了！它们来了！"

　　"谁领头？"狼问

　　"领头的是个胡子怪，眼睛闪闪发光，挥舞着大刀，大声嚷嚷着：'杀！杀！杀！'"（其实，那就是只摇晃尾巴的猫）

　　"那怪物后面呢？"狼问。

　　"后面跟着个更可怕的家伙，还大声喊着：'砍！砍！砍！'"（其实，那是大鹅在嘎嘎嘎叫）

　　"可怕家伙的后面呢？"狐狸接着问道。

"后面还跟着一头大狮子！"

"不好，兄弟们，快跑，咱们根本打不过它们！"熊咆哮着，转身就跑。

其他动物紧随其后。兔子也从树上跳下来，举爪投降。

熊飞奔着穿过一片黑麦地，麦穗籽粒饱满，从身后不住地拍打它，熊吓得抱头鼠窜。狼也一不小心，滚下山坡，身边不断有碎石划过。折腾了半天后，盟友们终于找到块空地停下来喘口气了。

"太可怕了！"熊说，"我差点就没命了。吓死我了，它们要剥我的皮，还朝我开枪，我差点被打死。幸好我皮厚，打不穿。"

"我呢！"狼叹了口气，"狗把我逼到悬崖边上了，我滚下去后它还拿石头砸我，全身的骨头都被砸断了。兄弟们，我可再不敢去羊圈了。"

虾和它的孩子们

一天，大虾把儿子们都叫到身边，严厉地看着它们，动了动胡子，说：

"我的乖孩子啊！来好好听爸爸说！你们现在要开始学习游水了，你们各个都长了八条腿，咱们也得和青蛙、小鱼们一样头朝前游水好不好？"

最小的儿子最聪明，马上对父亲说：

"父亲，您说得太对了！但是您先得教教我们怎么游泳。"

老父亲试着探头向前游水，但怎么都游不动——原来它也做不到。但是，它可不想在孩子们面前丢了面子，便让孩子们自己使劲儿练习，孩子们不会，它伸手就打。孩子们被它打得四下"后游"，落荒而逃。

最后，小虾们还是没有学会像青蛙和鱼儿一样游水，还是只能采用虾式后退的游法。

狮子和人

狮子在森林里跟别的野兽吹牛：

"这世上没有比我更强壮的动物了！"

"别吹牛啦！"一只被伐木工用斧头砍伤过腿的老瘸熊说，"有比你更强壮的。"

狮子急得跳了起来，龇起大牙。

"你说，是谁？"

"人！"熊回答。

"人在哪儿？我要找他当面较量较量。"狮子吼叫着。

"去草场找他吧。"

狮子走出林子去找人。

它走到一片草场，看到一匹马被拴在那里吃草。它走近后咆哮道：

"嘿，那个吃草的家伙，你是个什么动物？"

"你看不出来吗？我是马啊！"

"那是谁用铁链锁的你？"

"是人啊，"马回答道，"是我的主人。"

"他在哪儿？"

"他刚去林子里砍柴了。"

狮子继续往前走，看到田地里一对拉犁的牛正在休息。

"这就是人吗？"狮子心想，随后问道，"你们是什么动物？"

"我们是牛。"

"你们在这里干什么？"

"我们在休息，我们从早上就被套上干活儿了。"

"是谁套的你们？"

"是人，"牛回答，"是我们的主人！"

"哎？"狮子想，"看来不能小看人！"于是，它继续往前走，走到一片开阔地，看到一辆满载木柴的车，车头有两头大黑牛。

"你们是什么动物？"狮子问。

"我们是水牛。"

"你们在这里做什么？"

"我们在等人。他一会儿过来给我们套上车，我们好把柴火拉回去。"

"那他干什么？"

"他得驾车赶我们啊。"

"他在哪儿呢？"

"在那边，树后面，正挖坑呢，说是要搭陷阱捉林子里的野兽。"

狮子走到人身后。那人已经挖完了坑，正用树枝和草往上铺呢。我们的兽王在他身后咆哮一声。人闻声转过身来，吓得心惊肉跳，感到一阵寒意。他四处张望，想寻找帮助，奈何旁边谁也没有。突然，他脑海中闪过一个聪明的主意："不能用蛮力来对付这个可怕的野兽，得用智慧。"

"你要干什么？"人问道。

"我要和你比力气。"狮子回答。

"怎么比？"

"摔跤。"

"好，"人说，"不过得先看看谁跳得更远。"

"比就比！"狮子吼叫着，"你先跳！"

人退后了十步，然后奔跑起来，一跃而起，跳到陷阱边。他用一块小石头标记落脚点，然后跳到一旁喊道：

"现在轮到你了！"

狮子退到更远的地方，跑了起来，也一跃而起，正好掉进陷阱里。

狼和它的下酒菜

一天，酒馆里来了一只绵羊，抹着眼泪对老板说：

"给我来杯酒！"老板给它倒了一杯三年陈酿。绵羊端起杯子，一饮而尽，然后说道：

"再来一杯！"

"怎么喝这么多酒？"酒馆老板问。

"我难过啊！"绵羊回答。

"你怎么了？"

"昨天晚上，狼爬进羊圈，吃了我的父亲，骨头渣儿都没剩下啊，只留下个铃铛。"

"唉！喝吧，过阵子就好了！"酒馆老板劝道。

晚上，喝了一整天酒的绵羊摇摇晃晃地走出酒馆，低声呜咽着。

"你咩咩叫什么？"一只山羊问道。

"我喝多了。"

"喝酒伤身啊！"

"我也不想喝啊。"绵羊回答，"可是实在是太难过了，昨天晚上，狼把我那慈祥的老父亲给吃了。"

"你这要去哪里？"

"去森林。"

"去那里干什么？"

"去找狼报仇！我要杀了它，剥下它的皮，让师傅把狼皮做成鼓，让人们都来敲，我还要伴着鼓跳舞祭它。"

"带上我吧，我帮你报仇，我的角锋利着呢！"山羊说。

"不，不！"绵羊叫道，"我要亲手解决它。"

醉醺醺的绵羊离开村子，往森林里走。迎面走来一条狗。

"带上我吧，"狗请求道，"那狼夏天杀了我两个兄弟。我一直等着报仇呢。等你和它打的时候，我就冲上去，咬住它喉咙。"

"不，不！"醉羊说，"我对它恨之入骨，要一招就要它的命。"

于是，绵羊和狼单打独斗去了，结果败下阵来，送了命。

山羊得知朋友的死讯，去森林找狼报仇，结果也被狼吃了。

狗也不服气，跑去质问狼为什么杀死它兄弟，结果再也没有回来。

　　狼游走在森林里，望着村子里被积雪覆盖的房顶上炊烟袅袅，心想：要是那绵羊、山羊和狗一起来杀我，我可能就死定了。

精明的酒馆老板

一个商人漂洋过海，开了个酒馆。酒馆的生意兴隆，各国来的客人都喜欢去那儿喝上一杯。一开始，老板给顾客们上掺水的酒（只掺一点水）。后来，他感觉客人们都很好骗，于是开始给他们上掺酒的水。

就这么过了两年，他竟攒下了满满一袋金币，想着是时候关酒馆回家了。他买了只猴子，想送给孩子们，然后便登船启程回家了。

午饭时候，他吃好了，却只给猴子两三个坚果。吃完饭，他还想躺在甲板上的长凳上小睡一会儿。他把金币袋子从口袋里拿出来，枕在头下，觉得这样更安全。猴子一直盯着主人看，正觉得饿，看到主人把什么东西藏在头下，于是耐心等着他入睡。

一看主人睡着了，猴子就把金币袋子从他头下抽出来，解开绳结，打开袋子翻找。它拿出一枚金币，仔细看了看，咬一口，不能吃，很生气，便抓起金币袋子，在头顶摇了几圈，把它扔进了海里。

这时，主人醒来，眼看着自己的金币袋子沉入水中，被气得原地跳脚，悔不当初。

"该死，我为什么要买这只该死的猴子！"

"别伤心，朋友，"背后一个经常光顾他酒馆的人安慰他说，"财富水里来，自然水里去！"

农民的致富之路

农民进城去赶集，担了篮鸡蛋，边走边打如意算盘：

"篮子里有鸡蛋一百个，一个卖一个硬币能卖一百个硬币，要是卖两个硬币，就能卖两百个硬币。用这些钱能买上一只小猪崽。我好好养它，照顾它，它还不给我生下十几、二十几只小猪？小猪长大再生更多小猪，很快我就有一院子猪啦！到时我把它们赶到集市上去卖，卖了钱再买上一匹好马，添上套新衣服。我穿上新衣服，骑着马，在美丽的加娜小姐窗前这么一站。加娜小姐看到我一定会说：'真是个帅气的小伙子，我非他不嫁！'然后我们成亲，她给我生个大胖小子，名字就叫博格丹乔。我会去集市给儿子买苹果。回家的时候，博格丹乔会跑出来迎接我，问：'爸爸，你给我带了什么？'我会伸出手对他说：'来，儿子，博格丹乔，看看爸爸给你买了苹果！'"

他想得出了神儿，手一松，篮子掉在地上，鸡蛋都摔碎了。他弯下腰查看，确实都碎了，一个也没留下。突然，一个路人走到他身边。

"兄弟，"农民问他，"你跟着我走了多久了？"

那人回答说："从你开始富有，直到你失去一切，一直都在。"

搬起石头砸自己的脚

一个瞎乞丐路过一家门口，口中不断地念叨着："可别给别人挖坑，要不自己会掉进去，千万别给别人挖坑，自己早晚会掉进去。"

这户人家是村里的富户，却为富不仁，恨不能从穷人身上剥下七层皮。富户妻子听到了他的话，心想：

"他怕不是在咒我丈夫吧，哼！等着，要是再被我听到，看我不好好教训他。"说完，她卷起袖子，愤愤地烤了个毒面包。

中午时分，瞎乞丐又来了。富户的妻子叫住了他：

"哎，大爷，这边！"她说着，把毒面包递给他。

"拿上个面包吧，"她说，"还热乎着呢。多谢您的金玉良言！"乞丐鞠躬致谢，接过面包，放进了口袋，便离开了。他走出村子，上了大路。半夜里，他在田野中遇到了一个骑马的少年，那是富户家的儿子，他正从山上赶着羊群回来。

"哎，老爷爷！"少年停下马，叫住了老人，"你整天到处要饭，现在袋子里怎么也得有个面包吧，给我一块吃吧，我肚子饿得咕噜咕噜叫了。在山上的时候，别的牧羊人都吃自己带的烙饼，我没有，现在要饿死了。"

"拿去吃吧，孩子，"乞丐说完，从袋子里拿出那个面包，"是个好心的女人给我的。"

富户的儿子一把接过面包，大声说道："都给我吧！你要是想吃就再要一个，我实在太饿了！"他把面包——他母亲亲手烤的毒面包塞满嘴巴，然后策马飞奔而去。回到家后，他肚子疼痛不已，呻吟着："哦，哦，疼死我了！"母亲吓坏了，不知道该怎么办。她突然想到，儿子可能中毒了，于是问他吃了什么。

"白天什么都没吃，"儿子回答，"在傍晚的时候吃了一个面包。"

"谁给你的？""我在路上遇到一个瞎乞丐，跟他要面包，他就给了我一个。"

听到这些话，母亲号哭了起来："哎呀，我命苦啊，我造的什么孽啊！那个乞丐说得对啊，不能给别人挖坑啊，自己早晚会掉进去，他说得对啊，我怎么没听他的话啊！"一边说，一边狠狠撕扯自己的头发，悲伤不已。

长翅膀的俘虏

天上飘着小雪。寂静的村庄惬意地被白雪覆盖。栅栏边的苹果树像穿上白纱的新娘一样纯洁美好。房檐下三只小麻雀在麦秸里蹦来跳去，想要找点打场遗漏下的谷子吃。伊万绰站在窗前，擦掉玻璃上的水汽，紧张地看着窗外几只小麻雀扑扇着翅膀朝着他布好的陷阱走去——陷阱是他拿两块黑瓦片做的，一片上撒了一把大黄米，另一片用两个小棍支撑着。一只小麻雀看见有吃的，高兴地叽叽喳喳，奔着大黄米就跑过去，另外两只却很小心，四下张望，好似在警告同伴：

"要小心啊，情况好像不太妙！"

但是小麻雀太饿了，听不进去同伴的劝告。它跳到瓦片上，开始啄米，一不小心碰到了小棍，头顶的瓦片倒下来砸倒了它。同伴看到后吓得赶紧飞走了。伊万绰高兴得大呼小叫，鞋都没顾上穿就跑到院子里，摁住瓦片，小心翼翼地把它拿回屋子里，锁好门后才掀开瓦片。小麻雀以为它被放了，一下飞到天花板，一下又飞到窗户上，在屋子里乱飞乱撞，最后一头撞到玻璃落到地上，伊万绰一把抓起了它。

"抓到你啦！"伊万绰坏笑着说，"我这就拿剪刀把你的翅膀给剪下来，到时候我倒要看看你还怎么跑！"

但大剪刀被妈妈挂在高处，伊万绰怎么也够不着。

"没关系，妈妈这就回来了，等她回来让她把剪刀给我摘下来。"伊万绰威胁小麻雀道。

说完，孩子把小麻雀揣进怀里，坐在窗边沉思起来。

"怦怦怦！"伊万绰的心脏正敲打它的心门。

"谁敲门啊？"小麻雀问道。

"是我呀！"心回答。

"你是谁啊？"

"我是伊万绰的心啊！"

"唉！"小麻雀委屈地说，"伊万绰要拿剪刀剪断我的翅膀呢！"

"好个伊万绰！怎么净干些混账事！"心难过地说着。

"你能救救我吗？"

"我吗？我可帮不了你！"心回答道，"伊万绰的耳朵塞棉花了，根本不听劝告，无论怎么说怎么喊，他都听不进去，但是我可以让梦帮你！"

村子里夜幕降临，伊万绰的梦不知不觉来到他身旁，不一会儿伊万绰便觉得眼皮沉沉。

是心叫来了梦，还给梦讲了伊万绰的恶行。

"救救小麻雀吧！"心请求道。

"救！救！"梦说完，合上了伊万绰的眼皮。

男孩儿进入了梦乡，梦里是一片雪地。他沿着落满白雪的小路往树林里走。路上饿了，冷了，但什么吃的都没有，也没有烤火的地方。白茫茫的树林里突然出现一栋红房子，红房子边上还扣着一个大木盆，盆被支起，很像他布的捕鸟陷阱，木盆下面放着一个盘子，盘子里装着一大块面包和羊奶干酪。小男孩儿流着鼻涕，小心翼翼地靠近大盆，往四周看了看，发现没人，便想也没想就伸手去拿面包。可他的手刚碰到面包，大盆就扣下来罩住了他。伊万绰在盆里乱踢一通，想要喊人求救，却发不出声。这时，红房子里走出来一个白头发老太婆，她把大盆掀开一条缝，抓住小男孩儿的腿，盯着他的眼睛说："哦，原来就是你做陷阱捉小鸟啊！我现在也让你尝尝被抓的滋味！"

老太婆拽着小男孩儿的腿，把他从雪地拖到屋里，摘下墙上锋利无比的大剪刀。

"你要干什么？"伊万绰浑身颤抖地问。

"我要把你的手剪下来，你那设陷阱抓麻雀的手，你那想残忍剪掉麻雀翅膀的手！"

说罢，老太婆就挥舞着剪刀对着伊万绰。这孩子吓坏了，拼命想要挣脱，但是老太婆那骨瘦如柴的手死死抓住他，还冲他喊道：

"往哪儿跑？"

"救命啊！"伊万绰使出全身力气大喊，然后被吓醒了。

他前后左右都看了看，确认边上一个人也没有，只有他自己待在这昏暗的屋子里，怀里还揣着小麻雀。伊万绰揉了揉眼睛，起身，从怀里掏出小麻雀，打开窗户放走了它。

小麻雀顷刻间展开翅膀飞走了，宛如冬日黎明前的黑暗瞬间消散。

巨人囚犯

"爸爸，你看，我抓了只多好看的鸟！"

小科伊绰举起手，手上攥着一只麻雀大小的红腹鸟。

小鸟害怕，抖如筛糠，无助地扑扇翅膀，想要逃走，但是被小男孩儿死死抓住。

"哎呀，儿子，你可真是个捕鸟高手啊！知道这是什么鸟吗？红腹灰雀，你是怎么抓到的？"

"用一个大木盆！先拿面包渣放在盆底下做诱饵，等它飞到盆底下我就把盆扣住，然后把手伸到盆下抓住它，我还拿去给奶奶看了呢！"

"奶奶怎么说？"

"'赶快放了它！'奶奶说'多可怜啊，你要是不放，我可要找棍子打你了！'

"我可没听她的话！把小鸟拿到阳台，关进了笼子里。

撒了把大黄米给它，它不肯吃；倒了水，它也不喝；让它给我唱首歌，也不吭声。哼！我现在对它已经忍无可忍了！"

"那你要怎么收拾它？"

"找猫来，把鸟扔给它，让猫美餐一顿！我再抓只会唱歌的鸟！"

"主意不错！先坐到我腿上来，一起等猫过来。它八成现正往花园来呢，想着碰碰运气，看看能不能捡到麻雀窝掉下来的小麻雀。这会儿，我给你讲讲小别伊绰的故事吧！我也不记得原来给你讲没讲过，那是很久很久以前，还是我像你这么大的时候从识字书上看来的。"

"好呀，那快给我讲讲小别伊绰的故事吧！"

小别伊绰是个快乐的孩子，从早到晚都唱歌、跳舞，给大家带来欢乐，不论是人、兽还是小虫子都喜欢他。

他住在林边的一座小茅草屋里。

有一次，妈妈跟别伊绰说：

"孩子，我出去找点吃的，晚上回来给你做饭，准让你吃得像地主家的儿子似的！乖乖待在家里等妈妈回来，哪里也别去，对面石屋里有坏巨人，你一出去他就把你抓走了！"

"那我在家干什么呀？"

"干什么？你唱歌呀！"

别伊绰一个人留在家里，屋里满是他的歌声，唱完了所有跟妈妈学来的歌，半天过去了，他肚子也饿了，把妈妈的提醒抛到了脑后，出了屋，跑进巨人石屋的院子里，上下左右仔细打量，你猜，他看见了什么？

院子中间放了一个水缸般大、榨葡萄汁用的木盆，盆用木棍支起。木棍底下拴了根长绳子一直伸到窗户里，盆下面放了很多好吃的东西，小男孩儿看得口水直流，他见没旁人，便走过去拿吃的，突然有人拉绳子，木棍被拉倒，大木盆倒下来扣向别伊绰。

"终于落到我手里了！"巨人在盆顶说，说完伸出手抓住孩子的脚把他拎到屋里。

别伊绰看见屋里有个巨大的炉子，旁边还坐着个比巨人还大的怪物，怪物鼻梁上架着一副眼镜，镜片有窗户玻璃般大，怪物手里还织毛衣般编着几根枝条。

"这是要拿这树枝捆我，然后再烤着吃啊！"别伊绰想着，吓得瑟瑟发抖。

但是怪物发出雷鸣般的叫声，呵斥着让他们走开，巨人只好把别伊绰带到屋顶，屋顶上吊着铁皮屋子，巨人把孩子扔到铁皮屋子里，放下门闩关了起来。

别伊绰叹了口气，低下头。

不一会儿，巨人给他送来了吃的，放在面前说：

"吃吧！"

但是我们这可怜的小孩儿碰都不碰，巨人又拿来一罐子水，更大声地说："喝！"

别伊绰水也不喝，蜷缩到角落里。

"那就唱个歌！"

孩子张开嘴，却发不出声。巨人被激怒了，脸涨得通红！

"你给我等着！"巨人大吼道，"我这就把你扔给大黑狮子，让狮子撕了你！我再去抓个会唱歌的孩子来！"说罢，巨人便去找狮子了。

这时，父子俩身边突然来了只猫，"科伊绰，快把鸟给猫吃吧！"

"不给！"小孩儿喊道。

"那你要拿它怎么办？"

"放走它啊！让它飞回自己的窝里找妈妈。爸爸，我知道你为什么给我讲这个故事了！别伊绰就是我抓的红腹灰雀，巨人是我，大怪物是奶奶，黑狮子就是咱家的猫！"

后来，科伊绰放走了小鸟，小鸟回到鸟窝里，回到妈妈身边，叽叽喳喳地给妈妈讲它的奇遇，讲它怎么遇险。

这边，爸爸摸了摸科伊绰的头，语重心长地说：

"孩子！记住了，唯有自由的人才能放声歌唱，囚徒哪来歌声飞扬！"

文齐和佩乔

圣诞前夜还一身盛装的梨树，这会儿，树枝已被投进火炉，燃烧殆尽。点点火星从烟囱里飘出。锅里，豆子汤咕嘟咕嘟作响。妈妈去了阁楼，要拿些坚果、梅子干和葡萄。

爸爸说："儿子，你不是要爸爸给你讲个冬天的故事吗？快坐到我腿上来，这就给你讲。等妈妈把饭桌摆好，再倒上窖藏的美酒，我的故事也就讲完了。"

从前有一对姐弟，弟弟叫佩乔，姐姐叫文齐。佩乔长得圆滚滚，像个大木桶，不像你，你虽然也跟木桶似的，但你头上支棱着两个大耳朵，他的耳朵小，可能是因为耳朵小，他从来不听妈妈的话，妈妈常念叨他：

"唉，我的儿啊，你也太能吃了，真不知道什么时能喂饱你！快别吃啦！肚子都快撑破了！我刚买了篮苹果，藏在柜子里头，你闻着味儿就给我找到，吃个精光，怎么不想着姐姐呢，哪怕给她留一个也好啊！刚烤好两个奶渣饼，你俩一人一个，姐姐拿谷子喂鸟去了，你拿上饼给她送去！你俩坐在窗根儿底下一起吃吧！"

佩乔去找姐姐，走楼梯的工夫就把自己的饼吃完了。到门口时，他心里有个小小的声音自言自语道："这里黑乎乎的，谁也看不见，你把这个饼也吃了吧！"

佩乔没怎么犹豫便吃下了饼，吃完还像猫似的舔干净手指，然后双手插兜去看姐姐喂鸟。

文齐喂好鸟，抖了抖围裙，关上窗户。这时，拿着笤帚的妈妈走过来。

"孩子，饼好不好吃？"妈妈问道。

"什么饼？"文齐丈二和尚摸不着头脑。

妈妈顿时明白了佩乔干的好事。

"真没良心啊！"妈妈冲着儿子喊，"又把姐姐的那份儿吃了！给我滚，这样的儿子我可不能要，滚！"

说完还不解恨，她举起扫帚便要打。佩乔见状一溜烟儿窜到外面，兔子般跑过田野。

时值秋日，残阳洒下片片余晖。佩乔不知跑了多久，等跑出田野，已日落西山，前面是一片漆黑的密林。

我们的小吃货四下张望，尽管心里有点害怕，还是走进林子。林子里一个人也没有。干枯的大树巨人般拦住了他的去路。

突然，一只大鸟挥动翅膀掠过他头顶，消失在灌木丛中。佩乔吓坏了，奔逃狂喊：

"妈呀！吓死我了！"

"别怕，孩子，到我这儿来！"林子里传来一个苍老沙哑的声音。

"你是谁？"

"我是树林善婆婆！专门收留迷路的孩子，快到我这来，别害怕！"

"这就来，婆婆！"佩乔回答道，毫不犹豫地跑到救命恩人跟前。

等到近前，他才看清楚：婆婆是一位佝偻着身子的老妇人，满脸皱纹、鹰钩鼻，嘴里一副獠牙，爪子锋利，拄着拐杖。

"你是怎么到这儿的？"老婆婆问他。

"我是被赶出来的，婆婆！"小孩儿回答。

"谁赶你？"

"我妈妈！"

"原来如此！那你跟我回家吧！婆婆收留你，怎么样？愿不愿意？饿不饿？"

"现在还不饿，渴了！"

"啊！想喝水呀，我今天忘记担水了，篮子里有葡萄，拿去吃，解解渴吧！别客气！"

佩乔可不是会不好意思的主儿，他毫不客气地拿起一大串葡萄吃起来，刚吞下第一粒，便感到周身长出鬃毛，鼻子撅起，接着脸变成了猪脸。你应该猜出来了，善婆婆可不是好人，是树妖！她立刻蹿到"小猪"跟前，抓起后蹄把它拎起，放到身后。可怜的佩乔哼哼地叫着，老妖婆毫不留情地把它扔进猪圈，锁上圈门。

"善婆婆要把你喂得肥肥的，过年的时候再宰你！"她威胁道。

"你看到了吧？贪吃害死人啊！"

家里，文齐得知弟弟不见了，哭得可伤心了，找遍了每个村子，逢人便打听："你们有没有看见一个圆肚子、小耳朵的小男孩儿？看到他，一定要捎信给瓦卡列利村农民街的斯塔门科老爹啊。"

可是谁也没见过佩乔。他父亲为了找他跑断了腿，磨破了脚，还是无功而返。

已是深秋，田野里秋水仙花谢了，冷风无情抽打着萧索的树枝。

天上飘起雪花，大地被染得一片雪白。文齐一直站在窗边往外望，想念弟弟，难过不已。

小麻雀看到小主人那么伤心的样子，心疼得吃不下谷子。

后来，有一天，文齐对它说：

"你有翅膀，想去哪儿都行，去帮我找弟弟吧！找不到先别回来，再四面八方去看看。要是找到了，赶快回来，敲三下窗户，我就知道佩乔有下落了！"

小麻雀聪慧，听了主人的话之后便冒着大雪出发了。它走后，文齐在窗前坐了一整天，等着小伙伴。等到天黑，等到入夜，文齐还是没有等到小鸟回来，头靠在窗户上打起盹儿来。

半夜时分，女孩儿在睡梦中听到有人敲窗，又好像是雨水敲打着窗户。文齐睁开眼睛，兴奋地跳起来，打开窗。黑灯瞎火的房间里飞进来一只鸟，文齐点起灯，认出是自己的朋友。小鸟落在主人手上，张开嘴对主人叫了三声：

"叽叽叽！"

文齐大喜，呼喊着：

"快带我去找弟弟！"

说完，她穿上羊皮袄，偷偷出了家门。雪原上一轮明月皎皎，文齐在大雪里深一脚浅一脚地艰难前行，小麻雀飞在前面带路，好容易穿过田野，走进林子。

突然，小麻雀摔倒在地，翅膀挣扎着拍打雪地，爪子都给冻僵了。文齐跑过去捡起它，用嘴给它呵气取暖。小麻雀渐渐缓了过来，重新起飞带路。

天快亮的时候，哆哆嗦嗦的两个小伙伴才走到老妖婆的屋前，文齐伸出冻红的手叩了叩门。

"谁呀？"老妖婆的声音传出来。

"是我，外面太冷了，能让我进去暖和暖和吗？"

"那就进来吧！快进来！"老妖婆说着开了门。

文齐迈过门槛的时候，小麻雀喳喳喳叫了三声，然后才去火炉旁烤火。文齐明白小鸟是想告诉她："佩乔就在这儿！"

屋子中间有一张桌子，桌子上放着一个大碗。

"我刚吃完饭，孩子。炖了一锅牛蹄汤，都喝了。现在有点渴，想喝水，家里一滴水也没有。水井昨天就上冻了，要是你能去阁楼，拿些葡萄来给我解渴，我一辈子都忘不了你的好。阁楼上有两篮葡萄，一篮绿，一篮黑，你把绿的给我拿上一串。记着，千万别碰黑葡萄，不吉利。提上灯笼快去吧！"

文齐登上阁楼找到葡萄篮子，拿上一串绿葡萄，又偷偷摘了一颗黑葡萄塞进口袋，这才下楼。

"现在把槽子里的糠拌好，去猪圈喂喂猪，看着它吃完，明天就把它宰了！"

文齐拌好糠，提灯笼去猪圈。小猪一看到文齐，便"哼哼哼"委屈地大叫。

文齐听出了弟弟的声音，眼泪流了下来。

"我也没给你带什么好吃的东西来，只有这一粒绿葡萄，你吃吧！"说着，她把葡萄塞进小猪的嘴里。

这时，奇迹发生了：葡萄还没吃完，佩乔身上的鬃毛褪去，猪头和蹄子也变回人脸和脚……他终于变回来了！

"佩乔！"姐姐激动地叫着抱住他，"你怎么掉到猪圈里了呢？"

佩乔一五一十地给她讲了事情经过。

"咱们现在该怎么办？"佩乔问姐姐。

"当然是逃走啊，走之前和老妖婆'好好'告个别，你先去大门口等我！"

文齐回到屋里，悄悄把藏在口袋里那颗不祥的黑葡萄放到桌上。

老妖婆脱下皮袄，对小女孩儿说：

"躺到我身边来，给我暖暖被窝！今天得好好睡上一觉！明天杀猪。桌上怎么还有一粒葡萄？去给我拿过来！"

文齐把葡萄递给她。老妖婆眼睛有点花，没看清是黑葡萄便吃了下去，顷刻间变成一头干瘪的长脸猪。她恼羞成怒，号叫着冲向文齐，文齐早有防备，闪身到门后。随后，文齐抓紧弟弟的手跑出林子，跑回到村子家里，一路上小麻雀都飞在前面领路。

"妈妈已经摆好桌子，咱们去吃饭吧，儿子。希望你乖乖用勺子喝豆子汤，别用手抓，不然，你也会和佩乔一样……"

老 桥

老桥伏于湍急的河流之上，年久失修，木板有些松动，间或可见虫蛀腐朽痕迹。

桥虽老，却也中用，迎来送往：不管是拉柴运粮的人车，还是驮樱桃、烟草的驴子。桥下，飞燕筑巢；河里，银鱼戏水。小燕在窝里欢快鸣唱，可歌声再怎么好听也没能取悦老桥。

一天，老桥看到身上的树影，对着影子的主人空心大柳树说：

"你可不知道啊，大妹子！我再也不想做桥了！这么多年，推车没日没夜地碾过我的后背，轰隆作响，不让我安生。好不容易熬到晚上，我刚睡着，还有迟来的车惊动我，就是不让我好好睡觉。每天一大早，天刚亮，小鸟就叽叽喳喳地叫个不停，把我吵得头昏脑涨。

"最可气的是，大妹子，我还被百畜踏、千夫踩啊，那畜生蹄子多重、多硬啊，什么破旧鞋子、光脚的都来踩我。我想离开这里，搬到平原去住。他们说平原上有城市，城里也有条河。我想进城，当个'城里桥'。让装着柔软轮胎的汽车、电车在我身上穿梭，让踩着高跟鞋的漂亮女孩儿走在我上面。在我身下不是老土的燕子窝，是快艇疾驰而过，是轮船鸣着汽笛驶来。你快教教我，妹妹，怎么才能离开这穷乡僻壤？"

　　"想离开这里也不难，"柳树深思熟虑之后回答道，"再忍忍，等雪融化，雨季来的时候，河里涨水，那时你就可以求它把你带到城里去，等你到了城里，牢牢扎在河两岸，一动不动，这样你就变成'城里桥'了。"

　　"那桥下的燕子窝怎么办？"一条鲤鱼问道，"那会儿，小燕子毛没长齐，还不会飞呢！"

　　"这我哪儿顾得上！"老桥大喊道，"不会飞就掉下来淹死呗！"

　　鲤鱼气得一甩尾巴游回水里。幸好，老燕子们秋天飞到温暖的南方去了，没有听到它们的话。

　　转眼间，天渐凉，风雪起，大雪铺满了老桥。

　　又一年，春回大地，冰雪开始融化。燕子们飞回来，下蛋，孵出小燕子。山上雪水倾泻而下，天空电闪雷鸣，大雨倾盆，不过两三天的光景，河水就开始泛滥了。

老桥激动得浑身颤抖。河水漫到桥身的时候，它请求河水："小河啊，我亲爱的小河，你把我带到平原去吧！"

汹涌的河流似乎正等这一刻。它翻起更大水浪，咆哮着用尽全身力气，从桥基上撕下老桥，将它拖向下游。窝里小燕子们惊恐万分，疯狂地尖叫着，但这垂死的叫声完全被淹没在河水的咆哮声中。老桥被冲过重重河岸，桥梁和木板被折断，很快就只剩下断桥残片了。

老村桥的残骸一直沿河漂流，最后也未到达平原，被一个水磨房大坝截住了去路。水磨坊荒废已久，老磨坊主正坐在岸边，抽着他那胡桃木烟斗。他一脸愁容，因为装着谷子的推车不再来他的磨坊，而是绕远路跑到城里去了。听说，那里建了电磨坊。

老磨坊主看到木桥的残片，用钩子把它们拉上岸，想了很久要怎么处理，最后决定搭个猪圈。磨坊主会做木匠活儿，说干就干，很快猪圈搭好了。他往里面放了一头老猪和八头小猪。这些贪吃的猪猡从早到晚哼哼不止，老桥残片只能带着悲伤和怨恨噼啪作响。

火 柴 头

　　火柴头和蓝火柴盒里其他伙伴外表上没什么分别，可不知道为什么，它就是认为自己比别人都聪明。也许是因为头看起来比别人大一点儿，又或者是因为它躺在最上面一排。总之，它一直臭显摆：

　　"我是最好的火柴头！我是柴中龙凤！"

　　盒子里其他火柴头听到这话，只是笑笑，也不出言反驳，因为它们知道吹牛的人也成不了什么事！

　　一天，家里女主人要生炉子。她从架子上拿下火柴盒，一打开，竟然拿出了我们的"傲骄"火柴头！

　　"天哪！我的高光时刻到了！""傲骄"激动地大叫。

　　"只要我一被点燃，马上就会光芒万丈，还不晃瞎你们的眼！等着瞧吧！"

　　盒里所有火柴都抬起头，等着看光芒万丈的奇迹，可是没人被晃瞎，因为"傲骄"的头没点着，女主人又划了一下，还是没着，再一次，火光怎么也没出现！

"这是什么烂火柴！"女主人气极了，把它扔到窗外。

"我居然在飞！我有翅膀啦！""傲骄"尖叫道。

还没等说出最后一个字，它便倒在地上，头狠狠地撞到一颗小石子，被弹到一边，掉到一个水槽里，厨房里的泔水都顺着这个水槽流到泔水坑里。

房前院子里，长着一棵枝叶繁茂的大梨树。大梨树年轻的时候，被雷电劈过，烧得不轻，但顽强地活了下来。活到这把年纪，枝叶依然茂盛，夜莺都跑来筑巢。夜莺妈妈经常在梨树枝上悠闲地晃着，高兴地唱着，哄着自己的三只小宝贝。

"傲骄"掉进水槽的时候，夜莺惊叫起来：

"怎么回事？你是从哪儿掉下来的？"

"从天而降！""傲骄"大言不惭地说。

"你是谁？"夜莺吃惊地看着火柴头，继续追问。

"我？我是星星的姐姐！我是闪电的孙女！""傲骄"继续扯谎。

"你说什么？什么？你是闪电的孙女？"梨树哑着嗓子问道，害怕得浑身颤抖。它是一朝被蛇咬，十年怕井绳啊！

"那你怎么不像星星一样会发光呢？"夜莺天真地问道。

"我不仅能闪闪发光，要是有人划，我还能熊熊燃烧呢！你也不看看，我的头多易燃。要是我愿意，我能像原子弹一样爆炸，烧掉全世界。什么都不剩！绝对都烧光！"

"房子也能给烧掉？"夜莺焦急地叫着问。

"烧掉！"

"柴草垛呢？"

"眨眼工夫就给你烧成灰！"

"羊圈呢？"

"连着羊一起都烧死！"

"大梨树也能烧了吗？"

"能！""傲骄"郑重地回答。

"那我的窝呢？"

"一个小火花就足够点着你的窝了。"

小夜莺从窝里探出头来，尖叫着：

"妈妈，妈妈，咱们怎么它了，它要放火烧我们？快抓住这个坏家伙，啄它！"

"你试试看！"火柴头大声威胁夜莺妈妈，"你啄我一下试试，我看你敢？"

夜莺妈妈吓坏了，从树枝上飞回到自己窝边，张开翅膀护住孩子，低声对它们说：

"千万别看它，它很可怕，随时都能爆炸。"可怜的夜莺妈妈居然信了火柴头的谎话。

一阵微风吹过。老梨树不禁哀怨地吱吱作响。

受惊的羊羔在羊圈里咩咩叫。草场上吃草的大羊，听到孩子们的叫声，赶紧往回奔，回到家后，对着还来不及打开的门锁一个劲儿地顶来顶去。

毛腿公鸡拍打着翅膀，飞到篱笆上，开始劝说院里的树：

"你们怎么还不快跑！等着被烧死吗？"

"怎么跑啊？我们的根扎在土里呢，"树木温吞吞地回答，"根也拔不出来呀！"

平时就是个大嗓门的老火鸡，这会儿更是奔走相告，说是要着天火，大难临头啦！

可怜的柴草垛呻吟着：

"唉呀！唉呀！要死了！要死了！还没喂饱小牛、小羊呢！"

一只最敏锐的小夜莺，听到院子里人心惶惶，孝着胆子从妈妈身下探出头，看看四周，发现彼得的屋顶上趴着只猫，好像在打盹儿，一只眼睛闭着，另一只眼睛却虎视眈眈盯着它们的窝。

"你盯着我们干什么？"小夜莺愤怒地冲着猫喊道。

"我不盯你们盯哪里？"猫打了个哈欠，问道。

"你应该跳到院子里，去吃掉那个'煽风点火'的火柴头！"

"我才不吃火柴！"

"那你吃什么？"

"吃老鼠啊。"

"你再也吃不到老鼠了！"

"为什么？"

"因为那个躺在泔水槽里的家伙威胁大家，要烧了我们。你还不快跑去告诉女主人！"

"原来如此，我这就去！"猫喵喵叫了几声，沿着水管从屋顶跳了下来。

它跑进厨房，开始磨蹭女主人的腿。

"走开！"女主人高声呵斥它。

"整天就知道趴在屋顶上偷懒，老鼠把粮食都偷光了，还不滚到地窖去！"女主人气得跺脚。

受惊的猫跳到洗脸盆上，打翻了一盆洗脸水，脏水顺着水槽流走，把火柴头冲往泔水坑。

"什么情况？不要啊！我是柴中龙——""傲骄"尖叫着，紧接着没了声音，因为它的头被冲散了。片刻之后，威胁要烧掉全世界的"傲骄"被冲进了泔水坑。

母　亲

很久以前，井边那棵百岁的杨树还是一棵小树。

一天，狂风呼啸肆虐，犹如路上突然杀出一个吹着口哨的劫匪，林中树叶被吹得沙沙作响。林子里这座唯一的茅草屋屋顶也被吹得变了形，茅草屋盖在一棵老橡树下，橡树上住着老鹰一家。

孩子们被门外的大风惊醒了，害怕得像小羊羔儿一样把头扎进妈妈温暖的怀里，还忍不住小声说："妈妈，好饿呀！给我们切块面包吧！妈妈！我们要饿死啦！"

他们已经整整三天没吃东西了！

"乖孩子，妈妈不会让你们饿死的。妈妈保证，就今天，今天晚上一定给你们找到吃的，你们再忍忍！"说完，妈妈起身，给被窝里的三个孩子掖好了被角，三个孩子只有小脑袋露在外面，头顶的灯光柔和地照在他们身上。

母亲披上旧羊毛围巾，依次吻了吻三个孩子的脸，对他们说："宝贝们，等妈妈回来！"

说完，妈妈就出门了，风像刀刮一样吹着她的脸，吹散了她的头发，吹掉了她的围巾，但即使周身冻得冰冷，她仍握紧拳头在这暗夜中艰难前行。妈妈环顾四周，大声喊道："恶风啊，你又来害我了！你吹翻了我那知心人的船，你淹死了我苦命孩子的爹，他那黑心的主人啊，什么天儿都让他出海打鱼，他为了给孩子们挣口饭吃，再危险再难也冒死出海！我那苦命的男人啊，出了海就再没有回来，他那主人逼他出海，你把他淹死，这世上再也没有人护我们周全了，你还想怎样？还有比你更坏的吗？滚开！别再作恶了！"母亲绝望地大喊，眼里闪着母狼般的寒光。

狂风知趣地溜走了，穿过茂密的树林，呼啸着消失在远处的峡谷中。

可怜的母亲停在一棵野苹果树下，喃喃道：

"你那干枯的树枝上哪怕有一个苹果呢，给我吧，我的孩子要饿死了！"

"唉！我的苹果都掉地上烂到土里了，"苹果树回答道，"我真帮不了你啊！但是离这不远的地方，有一个树洞，树洞里冬眠的熊知道哪里能找到蜂蜜，你去叫醒它，问它吧！"

母亲继续上路，找到了树洞，往里看，里面黑乎乎一片，她伸手戳了戳睡着的熊。

"熊大姐，熊大姐，醒醒，醒醒，快告诉我，哪儿有蜂蜜啊？"

熊没有反应。

母亲叫了一次又一次，熊依然没醒。

"这肯定是冻死了！"母亲叹口气往林子里走，路上路过一个羊圈。

"对了，我可以跟羊要点羊奶，给我的小乖乖们带回去！"

她走到羊圈跟前，往里面看，突然冲出来一只恶狗猛扑过来，差点把她整个人撕碎。她好不容易才挣脱，气喘吁吁地跑到河边。河边古树参天，河面已冰冻三尺，母亲俯下身来对着河面说："河啊，我知道你那冰下面有红鳍鱼呢，求你给我三条吧，就要三条回去给我那快饿死的孩子吃！"

"唉！给你三条吧，"河回答，"要鱼得先把冰破开啊！"

于是，母亲蹲下来用拳头捶，用手挖，手都冻僵了，指甲也挖出了血，可是冰面却丝毫未动，母亲又冷又累，心灰意冷地伸出双手，对着天号啕大哭。

"是谁在哭啊？"大梨树树洞里的松鼠问道。

"是我啊，我这个苦命的人啊，我的孩子们都要饿死了，你行行好给我点吃的吧！"

"我只有一把橡子和几个坚果。"

"松鼠大妹子，把那坚果给我吧！哪怕让孩子们先填填肚子呢！"

松鼠给她扔下三个坚果，母亲接住果子抬头对松鼠说：

"松鼠大妹子，太感谢你了，我要让我的孩子们每天睡觉前都给你祈福，祝你好梦，真是不知该怎么感谢你才好！"

拿上坚果后，母亲连夜赶路，摸着黑往回家奔，天亮了才赶回老橡树，老橡树上老鹰的窝还在，自己家的房子却不见了。

"我的家呢？我的孩子们呢？"母亲大叫。

老橡树回答她：

"夜里来了场暴风雪，你的孩子们都被埋到雪下面了！"

伤心欲绝的母亲跌倒在地，垂下头泪流不止。

她的眼泪一滴一滴落在雪地上，一层一层融化了冰雪，解冻了河流，唤醒了鸟儿，冒出了小草，就在母亲和孩子们分离的地方从雪下露出三个小小的脑袋。

友 谊

一只老鼠爬出洞，东瞅瞅，西看看，见没什么危险，便沿着小路一溜儿烟跑到大河岸边。

"呱——"有个声音叫住它，原来是正蹲在湿漉漉的石头上守株待兔的绿蛤蟆，它在等着哪个不长眼的苍蝇飞到嘴里，好美餐一顿。

"老鼠老哥，你这是急着要去哪儿啊？"

"蛤蟆弟弟，不能和你多说了，我得赶快跑了！"老鼠停下脚步，回答道。

"往哪儿跑啊？"

"跑到离我老婆远远的地方！"

"为啥？"

"为啥？你嫂子那婆娘就是个泼妇！整天就知道和我吵架。这不，我今天刚躺下打个盹儿的工夫，它就开始骂我，骂还不算完，胡子都给我拔下来了，你看看我现在狼狈成什么样子了！"

"好哥哥，这有什么大不了的！"蛤蟆劝说它，"你再怎么折腾，看着也像是从画上走下来的美男子！这么着急要去哪儿啊？不是想不开，要去投河吧？"

"我又不傻！我这是赶来等运粮船，等着吃我最爱的麦子呢。"

"老哥，要不，"蛤蟆提议，"搬来我这儿住吧，咱俩互相有个照应多好。你哪天要是想家了，我就唱歌给你听，唱我的保留曲目！"

"别哪天了，现在就来一首吧！"老鼠附和道。

蛤蟆听完这话，立刻来了精神，跳到水里，摆好姿势，张开大嘴，咦咦啊啊呱呱地唱起歌来。

一曲唱罢，它爬回石头上，鼓起大眼睛等着老鼠夸奖。还没从错愕中回过神来的老鼠慌忙赞美它：

"弟弟真是这世上最棒的歌唱家！不去歌剧院可惜了！"

"他们请我来着，我都懒得去！去不去河边转转啊？"

"去！"老鼠回答。

于是，哥儿俩一起去河边散步。一路上，蛤蟆的话匣子打开，噼里啪啦机关枪似的给老鼠讲：自己老婆眼看着就要被鹳吃掉，千钧一发之际又是怎么跳河得救的……

"你这口才真是蛙中翘楚啊！"老鼠吱吱叫着赞不绝口，"你有这本事，怎么不写写诗、编编故事呢！"

"怎么没写？你没见那些大刊小报都登着我的大作吗？"

说话间，它们走到了磨坊边的花园里，找着一片大南瓜叶子乘凉。小鸟在旁边啄着韧草。

"亲爱的大哥，"蛤蟆突然转头问老鼠，"咱俩可是一辈子的好哥儿们，你说是不是？"

"那还用说！"

"咱们怎么才能一辈子不分开呢？"

"我现在就做给你看！哎——那个小鸟！"蛤蟆冲小鸟喊道，"你啄那草干什么用啊？"

"筑巢啊！"

"把它先让给我吧，你再去叼一根搭窝！"

小鸟竟然很配合，把草给叼来了。

"小鸟妹子，你好鸟做到底，拿草把我俩的腿绑一起吧，一定要绑得紧紧的啊。"

小鸟依言，用尽全身力气把它们绑在一起。没想到小鸟帮完忙，前脚刚飞走，后脚一对大翅膀扑扇而来。

"呱——是鹳啊！"蛤蟆大叫，吓得拼命往河边奔逃，哪里还顾得上跟它拴在一根草上的老鼠大哥。只见蛤蟆忙不迭地跳进河里，潜入水中，钻到石头下面。可怜的老鼠可没那么走运，"救命"都没来得及喊出口就被活活淹死了。

鹳一闪而过飞走后，蛤蟆这才敢浮出水面，死去的老鼠大哥也浮了起来。一只乌鸦正好飞过，嘎嘎惨叫着。

"我正饿得慌，真是得来全不费工夫啊！"乌鸦说完，箭一般冲向水面，贪婪地抓起老鼠，飞到半空。那和它绑在一根草上的蛤蟆兄弟倒挂着尖叫：

"呱！呱！呱！我的妈呀！这下全完啦！"

飞回磨坊屋顶上的鹳看到这一幕，羡慕地看着乌鸦，叹了口气说：

"这就是老话说的'一石二鸟，一箭双雕'吧！"

萤火虫与猫头鹰

晚上，兹拉坦爷爷赶羊群进圈，又把老驴马尔科放出去吃草，这才锁上大门。没过一会儿，他在羊圈外点起篝火，就着炭火烤上两个土豆，吃完后便裹紧旧羊皮袄围着火堆躺下睡觉。

远处榛树丛里飞来一只"熄灯"的萤火虫。它悄悄飞过羊圈，靠到火堆旁边。

柴火噼啪作响，烧得正旺，溅起火花无数。萤火虫抓住一个火花点起自己的小灯，小灯终于发出点点亮光。萤火虫载着小灯掠过羊圈和草场，飞到黑暗的田野里。田里，老驴马尔科头冲树林，正支着长耳朵，严阵以待。萤火虫从老驴面前闪过，还不忘问它：

"大晚上不睡觉，往林子看什么呢？"

"我着急，睡不着啊！"马尔科回答，"每天睡之前都伏地听一听有啥情况，听到干活儿的人平安回来，一切正常，我才能放心睡觉，安心得梦里都能笑出声。今天晚上可睡不着了喽！刚才，我刚把耳朵贴到地上，就听有人喊救命。原来有个老汉在林子里迷了路，左有恶狼围堵，青面獠牙，右有猛熊断路，紧逼在前，前有大河拦路，鳄鱼张牙舞爪，凶险万分。可是，可怜的老汉还不知道，身后百年橡树林里有条羊肠小路，能带他逃出龙潭虎穴，重回人间。你也认得这条小路吧？"

"怎么不认得呢！"萤火虫回答，"每次过这片林子的时候，都飞这条小路。"

"那还等什么！小兄弟，快飞去林子里把老爷爷带出来啊！得帮人处且帮人啊！"

"好！这就去！"萤火虫欣然答应，说完便往橡树林里飞去。

到了老橡树林，萤火虫穿过苔衣藓裙的大树，飞过狡兔藏身的灌木丛，飞过人迹罕至的空地。最后，它停在一棵被雷劈过的大树上，侧耳倾听。没听到爷爷的呼救声，反而听到了远处的呼啸声：

"呜——呜——呜！我——是——魔——鬼！"

"妈呀！太吓人了！"萤火虫小声嘀咕，吓得从树上跌下来，落到一朵小野花上。

"求求你救救我，把我藏在你的花朵里吧！"它恳求小野花，"暗夜魔鬼要抓我，我太害怕啦！"

"不行啊，我这里也没地方了啊！你自己也看见了，我这里多挤啊！"

"那行行好，让我把小灯放你这儿吧，我自己想办法藏到干叶子下面。"

好心的野花藏起了小灯，于是它瞬间也如夜明珠般荧光点点。"灭了火"的萤火虫找到了一片叶子藏身。

猫头鹰夜游而来，路过小野花时，用它那恐怖的声音训斥道：

"是谁点的灯？"

"是——我！"受惊的萤火虫哆哆嗦嗦地回答。

"你好大的胆子，知不知道夜里黑暗就是王法，你竟敢以身试法，我要判你死刑！"

"什么王法？我真不知道啊！救命啊！不要杀我呀！"萤火虫大声呼喊，猫头鹰挥动翅膀扇下去，小虫子顿时没了声响。

林子那头，老驴马尔科一直支着耳朵，严阵以待，萤火虫一叫，它立刻就捕捉到了军情。只听，它抬头张开大嘴吹出"行军号"："呃——啊——呃——啊！"顿时，大家都被号声吵醒。小女孩儿维拉揉揉惺忪的睡眼，也跑到窗前察看。大军从四面八方赶来，问老驴这个司号手："出什么事了？为什么发起行军号？"

马尔科向大军通报萤火虫被困的军情，大军听罢立即冲到田野集结：

二百小鸱勇士，

二百麻雀精兵，

二百大虾好汉，

二百海雀刀客，

二百鹦鹉侠客，

二百猫咪先锋，

二百公鸡助阵，

一头老驴司号。

马尔科号声长鸣，大军阵阵，泰山压顶般前去讨伐恶鸟猫头鹰。彼时，猫头鹰正将魔爪伸向小灯。好在大军来得及时，猫咪先锋先发制人，独角鹦鹉冲向恶鸟，大虾好汉发起猛攻，小鸱勇士跟上，海雀挥舞嘴刀迎战，麻雀精兵飞来驰援，邻村公鸡打鸣助阵，老驴"呃——啊——呃——啊"号令大军。如此大阵仗把夜游匪猫头鹰吓得魂飞魄散，展开翅膀仓皇逃出十万八千里外。它落魄万分，不得已找到棵树歇脚，越想越气，身体圆球一般鼓胀开来，最后终于忍不住长啸一声，气炸了。

那小灯呢？小灯最后回到了小女孩儿维拉手里。原来是维拉走进林子，取出野花中的小灯，用它照亮了救命之路，领着老爷爷走出险境。

稻 草 人

沃尔琼爷爷把熟透的西瓜装上马车，回头嘱咐稻草人说：

"伊万乔，就剩下几十个西瓜和最后一个甜瓜了，给我好好守住了！等我明天再来摘！明天收完瓜，就把这看瓜窝棚烧了，带上你回家。我的好孩子，爷爷心里都明白，今年夏天你受累了。爷爷不能让你白忙活，我要奖给你一房媳妇！你可不知道啊，那姑娘年轻又好看！姓圆，叫白菜，可水灵着呢！赶明儿个你娶媳妇的时候我再宰上头肥猪，伊万乔，你看咋样？"

丑八怪伊万乔嘿嘿笑着，高兴地挥着分叉的大手说："好呢！好呢！"

爷爷一拍马屁股，马车缓缓启动，吱呀吱呀一阵后便消失在玉米地尽头了。

天刚蒙蒙亮，万籁俱寂。花儿们还在睡梦中，没来得及展开娇嫩的花瓣。旁边榛树丛里蹦出来只小金毛兔，刚走进瓜园，只看了稻草人一眼，便瞪大眼睛，哆嗦着直往后退。过了好一会儿，它才鼓足勇气重新走进来。这次，为了不看那可怕的稻草人，它抬起爪子捂住双眼。

　　"站住！"稻草人高声呵斥。

　　小兔子立刻停下脚步，被吓得呆立原地。

　　"你要干什么？"

　　"我？我——想——捡点西瓜皮！"

　　"捡西瓜皮干什么？"

　　"给妈妈吃，妈妈生病了，现在还躺在榛树丛里呢。它口渴得嘴唇都裂了，你就让我拿块瓜皮吧，一小块就好！求求你了！"

　　"不行！"伊万乔厉声拒绝。

　　"怎么不行啊？西瓜皮还能干什么呀？谁要啊？"

　　"谁要？沃尔琼爷爷说要喂猪用，等喂肥了猪，宰了，就给我娶媳妇。懂了吧？还不快走！不然看我不吃了你！"

　　稻草人说着就往小兔子身上扑过去。可怜的小兔子压紧耳朵，拼命往外跑，找到一片大南瓜叶子，躲在下面，又气又怕，眼泪禁不住地噼里啪啦往下掉。头顶的大梨树看小兔子怪可怜的，也不禁流下眼泪，树叶也跟着湿了眼眶，玉米呜呜哭起来，南瓜也默默抹着泪水，大家哭作一团……

第二天，太阳照常升起，光芒万丈。被眼泪浸润的大地也熠熠生辉。

"大地怎么流眼泪了？谁欺负它了？"狐狸一边问，一边坐在田埂上，对着小镜片用黑莓当作口红涂在嘴上。

"还不是因为可怜兔子才掉眼泪！"大梨树回答。

"还不是因为丑八怪稻草人不让它捡西瓜皮，心真狠啊，这个坏人！"

"你说谁？伊万乔吗？我现在就去收拾它！"狐狸愤愤地说。说罢，它把镜片放进嘴里，冲进瓜田，大老远就开始威胁："哎——伊万乔，马上让兔子拿块西瓜皮，不然我就砍断你的腿！"

说罢，狐狸挥着大尾巴直奔稻草人，那架势和沃尔琼爷爷挥斧头时一模一样。

"你骗谁呢？"伊万乔毫不示弱，"别以为我不知道，那书上都写了，你骗鹆鸟，说要不交出孩子，就砍了它们筑巢的大树！你那套伎俩在我这儿可不好使！"

"你！你！你个丑——八——怪！"狐狸恼羞成怒。

"你！你！你胡说！我可好看了！我才不丑！沃尔琼爷爷都要给我说媳妇，杀猪办婚礼呢！"

"你说谁要娶媳妇？就你个丑八怪？你也不看看你那样

儿：南瓜大头，破衣烂衫，连条裤子都没有！这世上没有比你再难看的怪物了！喏！你自己照照镜子看看吧！"狐狸说着，把镜片推到伊万乔面前。

伊万乔看到镜中的自己，吓了一跳，用木炭胡乱描画的嘴唇禁不住抖动起来。可怜的稻草人，被自己吓得摇摇欲坠，插在地里的杆子也拔了出来，只能一蹦一跳地跑了出去，还被西瓜藤绊了一下，跌倒在地。

远处，小兔子听见瓜田里发生的一切，趁乱过来，抓起一块瓜皮就跑。

天快黑了，卖完鸡蛋的小贩牵驴往家赶。路过瓜田，发现竟没人看守，冲进去摘下所有西瓜，连裂开的甜瓜也没放过，真如蝗虫过境，把大箱小箱都装满才心满意足地上路了。

第二天，沃尔琼爷爷赶马车来的时候，看着瓜田空空如也，知道瓜都被偷了，脸气得通红，冲到伊万乔身边吼道："你这个家贼！家都被你掏空了！真是要了我的老命啊！不行，你得一命换一命！"

说完，他掏出一盒火柴，点着了窝棚，然后举起伊万乔扔进火里，结束了丑八怪的性命，我们勇敢的瓜田稻草人就这样完蛋啦。

驴 和 死 神

茨冈人塔尔留赶着驴去巴扎儿，老驴驮着两篮子鲜鸡蛋颤颤巍巍地走在前头。塔尔留整天乐呵呵的，还喜欢哼歌，这不，走在路上还唱起小曲呢，驴使劲儿支着耳朵听主人的歌声。

"再唱大点声吧！"驴请求主人道。

塔尔留捋了捋自己的小黑胡子，放开嗓门儿，他的歌声太美妙了，整个林子都为之寂静下来，一片叶子也不愿发出声响，而我们的长耳朵伙计听得入迷了，不自觉眯起眼睛，若有所思，不承想被路中央的一块石头绊了一下，摔倒在地，打翻了鸡蛋篮子。塔尔留被气得脸色铁青，歌声戛然而止。他一句话没说出来，折下根干树枝开始抽打自己的老伙计。篮子里有多少个鸡蛋，驴就被抽了多少下。

等塔尔留气消了，捡了些干树枝捆好，放到驴背上，对它说：

"快给我往回走！把这些柴火驮回去，让我媳妇把火生起来！"

"那你呢？"驴问主人。

"我去采点蘑菇，晚上回去烤着吃！"

"那你柴火上面放个木棍做什么？"

"那是想着晚上回去继续抽你！"

驴叹口气，往回走，一边走一边琢磨：

"真是不想当驴了！每天都挨打，好的时候打一顿，不好的时候——两顿！我是个婚礼上的鼓吗？任人敲打！真是不想活了，淹死算了！"

刚一冒出"淹死"的念头，死神便从林子里跳了出来跟上了它。

"我可真幸运！"死神说，"找到个自愿跟我去死的家伙！"

驴跑到河边，走到桥旁，但却没上去，直奔河水最深的地方去了，先伸出前蹄探探水，然后腾的一下缩回来，好像受到了什么惊吓。

"我怎么这么傻？"它想着，"居然想往这么凉的水里跳！还是再等等吧，等夏天的日头把水温温再跳吧！"

于是，驴返回桥上，往回走了。回去的路上，夜莺在树上鸣唱，我们的长耳朵朋友听得心旷神怡，感动得差点流下眼泪。

"这日子多好啊！"驴想，"走在路上都有夜莺给我唱歌，我这不知足的老驴竟然还想着要跳河！"

沉浸在歌声里的驴又没看路，摔倒了，磕坏了膝盖，站不起来了，背上的柴火也太重了。老驴这次更生气了。

"真是没法活了，再也不想当驴了！死神快点来把我带走吧！"

"我就在这儿呢！"死神回应道，现出了黑乎乎的身形，吓人得很，肩膀上还梳着条辫子，"是你叫我吗？"

驴吓得睁大眼睛，这一刻它完全忘了腿伤，忘了鞭打。

"是我叫的你。"它胆怯地说着，"叫你是想着让你帮我站起来，你看这天儿也不早了，我要是不快点赶回去，主人又该发火了！"

死神笑了笑，把驴扶了起来。

熊 孩 子

　　林中空地上长着一棵苹果树，树下有间小屋，屋里住着个老爷爷。春来，一树花白晕染。夏去，下草黄、上果红。爷爷眼见着树上的苹果一天天熟透，盘算着把旧口袋缝补好，装满苹果去集市卖，想着赚上些钱回来藏在枕头底下攒起来。

　　说干就干！傍晚时分，爷爷已经摘好了苹果，系紧鞋带，捋顺胡子，扛起苹果袋子出发了。这时，林子里突然蹿出一只小熊崽，拦住爷爷的去路。

　　于是，一个故事开始了！

　　"爷爷，行行好给我两个苹果吧！"小熊恳求道，"我一个，我生病的弟弟一个！您可怜可怜我们吧！开春的时候，猎人把妈妈打死了，只剩下我们兄弟两个相依为命。您也知道，林子里到处都是豺狼虎豹，我们这没娘的孩子在它们眼皮底下讨饭吃太难了！您要是实在舍不得，只拿上一个给我弟弟也行啊！"

爷爷不为所动，捡起一根棍子朝着小熊抡去，继续赶路。小熊可怜巴巴地跟在后面，不停地央求着爷爷：

"爷爷，可怜可怜我们，给个苹果吧！"小熊一直伸爪子祈求着。

爷爷装作听不见，头也不回，铁了心就是不给。

路旁山楂树见状可怜小熊，动了恻隐之心，伸出树枝钩住了苹果袋子。爷爷见袋子被钩住，使劲拖拽，不想一把扯破了袋子，苹果滚落一地。爷爷被气得火冒三丈，慌忙蹲下捡苹果，寻思着，要是苹果都磕坏了，不能进城去卖了可咋办！

一个苹果正好滚到小熊脚下，小熊拾起苹果就跑。爷爷把袋子一抛，撒腿就追，一口气追到熊洞门口。先是抓尾巴，再揪耳朵，爷爷硬是把小熊从洞里给拖了出来，一把夺回苹果就往回赶。回去的时候，地上竟然一个苹果也没有，袋子也不见了踪影！原来他去追熊的工夫，一群赶路人路过这里，他们又累又饿，见有苹果便吃了起来，吃完还不忘把袋子扔到树丛里。

爷爷气极，跑回家拿上镐头，又愤愤地跑回树林，撸起袖子刨起树来，想把山楂树这个罪魁祸首连根刨起才解恨。天黑前，树终于被刨了出来，爷爷往树坑里一看，顿时愣住了：金币！竟然是金币！有人在树下埋了一整袋金币啊！爷爷心里乐开了花，拎起袋子就往家跑。回到家后，他高兴得睡不着觉，数钱数到天亮。天一亮，爷爷直奔集市买上两头犍牛和一把小麦种子；回到家又迫不及待给牛套上犁杖，忙着犁地，播种。

转眼又是一年，骄阳盛夏。地里麦子抽穗了，苹果半点青红也不见。爷爷看着自家的庄稼，满心欢喜。

麦穗金黄时，爷爷忙活着要收割。前一天晚上，他磨好了镰刀才躺下睡觉，想着，天一亮就下地割麦子。

不想，夜里，一颗流星划破长空落到地里，把麦田烧得颗粒不剩。

第二天，还蒙在鼓里的爷爷起得比往常还要早一些。他拿上镰刀来到地里，看到地里的情形，倒吸一口凉气：金黄不见了，只剩下一片焦黑。

爷爷一屁股跌坐在大石头上，难过地号啕大哭，突然听到背后有笑声，回头一看，原来是那个"熊孩子"。

故事到这里就讲完了。

最珍贵的礼物

一天，鹳绘声绘色地讲故事，驴竖起耳朵饶有兴致地听。

"话说，那是三年以前，大家都忙着打场的时候，我也在边儿上帮忙，就守在干草棚上的窝里，盯着山上，一看到那山顶上白云翻涌，就赶紧提醒打场工们："加把劲干吧，要来雨啦，可不能让雨淋了粮食呀！'等粮食都打好了，园子里木梨也熟了，金黄的果子落一地。活儿干完了，我也该回家了！我飞过割完的田地，告别青蛙，告别每天清晨给我唱歌的斑鸠，飞去了一个遥远的国度。"

"飞到哪个国度？"

"飞到那个风都是白色、奔放自由的国度！飞到那个住着世上最黑的人的国度！"

"那里有驴吗？"

"没有！"

"连驴都没有，是个啥国呢？"鹳的唯一听众不敢相信自己的长耳朵。

"上路以后，"鹳继续说，"才想起黑人让我给他们带礼物。想带的东西太多，拿不过来！"

"你那会儿怎么不叫上我，驮东西我在行啊！看看我的脊背多结实！"驴夸口道。

"那谁能驮你漂洋过海呀？后来我想啊，想啊，到底送什么礼物给他们呢？最后也没想出来！于是，我决定去找磨坊主马泰爷爷商量。飞到磨坊，我在院子里看到了马泰爷爷，爷爷正抽着烟斗，手里还忙着织渔网。看来，他和我一样喜欢捕鱼，但就是不知为什么，他不像我一样喜欢吃青蛙。我落在磨盘上，用翅膀扇开眼前呛人的烟，问道：'马泰爷爷，您活了大半辈子，见多识广，您给我说说，到底给黑人带啥礼物呢？'马泰爷爷吧嗒着烟斗，望着远处成熟的庄稼，想了想，'要送就送最珍贵的！''那什么是最珍贵的呢？'我追问。'最珍贵的是种子！没有种子种不出粮食，没有粮食人就得饿死，种子不大，用处可不小，种子最珍贵！就送他们小麦种子吧！'"

驴听完，龇着大白牙笑得不行，心想着："送什么种子啊！那种子能吃吗？不如送点草料，又好吃，又好拿！找马泰爷爷商量什么，他可真不懂人情世故！应该来找我，我教你怎么'为鸟处世'！"

"我把一粒种子压在舌头底下，飞过城市乡村，飞过蔚蓝大海，飞到白风国度，飞回自己家乡。为了赶路，不知搭了多少帆船轮船，飞过多少鲜果飘香的岛屿。终于，在一个清晨飞到了家乡，落到一片空地上。黑人同胞们看见我，纷纷从茅草屋里冲出来，聚集到空地上。"

"礼物带来了吗？"他们异口同声地问道。

"带来了！"

"快给我们看看！"

"我把种子放到地上，大家都低头去看它。突然，不知从哪儿冒出一只乌鸦，飞到我同胞们中间，叼起种子便跑。'抓住它！'大家喊起来！一位长者拉弓上弦，瞄准乌鸦。乌鸦被射中，重伤坠落，跌到茅草屋顶上。黑人们立刻爬上屋顶抓住它，把种子从它嘴里抠出来。后来，我教他们种麦子。他们学着把种子种到地里，第一年，收获了七个麦穗，把穗子脱粒后继续播种。第二年，收了一垄。第三年——收了一整块地！后来啊，我又教他们脱粒、磨粉、烤面包。现在，他们有了自己的磨坊，比咱们这儿还好的磨坊！我到现在还记得，磨坊刚建成，第一个面包出炉的时候，他们别提多高兴了！大摆宴席隆重庆祝了一番，我作为最尊贵的客人被请上桌，他们用两桶我最喜欢吃的蛇和青蛙款待我。席间，他们追问起到底是谁给我出了这么好的主意，让我送种子作为礼物。我告诉他们，是一位在保加利亚维特峡谷开磨坊的老人。'他可真厉害！请他来这里给我们当国王吧！我们给他盖座大理石宫殿，安上黄金烟囱，吃饭都用金盘金碗！'我答应他们，回来的时候一定转告爷爷。很快，归期已到，我沿着原路，飞过蔚蓝大海，飞过结满鲜橙和柠檬的岛屿，沿途要是饿了，就落在渔船上歇歇脚，吃上半桶活鱼。飞过千山万水之后，我终于回来了，把黑人们的殷切请求转达给马泰爷爷。爷爷听完，抽了口烟，摇摇头，说：'我老喽，当不了他们的国王啦！'"

听到这里，驴支起长耳朵，打断鹳的话："什么？什么什么？他们没有国王？好兄弟，帮帮忙，你把我带过去吧！你看看我，多年轻，还有能耐！当国王这事我能行啊！到时候他们都得听我号令！我当上国王那天，必定按照'驴礼'重谢你！"

鹳看了看驴，冷笑一声，振翅飞走了。

三只小鸭

鸭妈妈产房里传出好消息：

"嘎！嘎！嘎！"

"一大早你喊什么喊？"黑母牛探头到小栅栏门外问道，铜铃般的大牛眼盯着鸭舍，鸭舍门紧闭着。

"啊！是你啊，牛大姐！劳驾你给帮个忙，我刚孵出三只小鸭，你快敲锣打鼓去给大家报个信儿！"

母牛摇摇头，脖子上铃铛跟着叮当作响。

"我一直琢磨着，"母牛说，"要是办个'现眼大赛'，你准能得一等奖！孵出三只鸭子有啥了不起，真能显摆！我给主人下了两头小牛犊，我跟谁到处嚷嚷，四下宣扬去了？也没让谁给我道喜道贺！"

"妈妈！"最小的鸭宝宝说，"我在这黑乎乎的窝里太憋闷了，你带我出去透透气吧！"

"它大婶，把门给我们顶开吧！"鸭妈妈对母牛说。

听罢，母牛还是帮了忙，门吱呀一声开了。鸭妈妈领着三只黄澄澄的小鸭溜达到院子里。红爪子小鸭摇摇摆摆走路的样子很是滑稽，晃晃悠悠，憨态可掬，像一排机械娃娃。

拂晓，露珠晶莹欲滴，花粉芬芳飘散。

诺伊科爷爷忙着收拾犁杖，去地里干活儿。远处嫩绿的山丘上，朝霞满天，太阳快出来了。突然，村里的钟楼钟声响起。鸭妈妈俯身看着自己的孩子们，羞赧地说：

"宝贝们，听到了吗？这钟声是祝贺你们降生呢！"

"快看看，我宝贝是不是这世上最好看的鸭子啊？"鸭妈妈转头问火鸡，火鸡正学着主人的样子在院子巡视。

"哈——哈——哈！喔——喔——喔！"火鸡笑起来，"哎呀，笑死我了，肚皮都笑破了！你饶了我吧，老太婆！你是欺负我年轻，没见过世面吗？我有生以来也没见过比这更丑的鸭子了！"

"妈妈，它笑话我们！"小鸭子们不爱听了。

鸭妈妈支棱起翅膀，像眼镜蛇发威一样满院子追着火鸡跑。

"看我不揪下你的尾巴！"鸭妈妈大喊。

这时，诺伊科维察奶奶走到院子里。

"啊呀呀，小鸭子都孵出来了！"奶奶很高兴，俯身用围裙兜起鸭宝宝便往回走。

"嘎嘎嘎！可了不得啦，老太婆把我的孩子抱走啦！"鸭妈妈哪里还顾得上火鸡。

奶奶进屋，把鸭宝宝放到大木盆里，回头拿起面包掰成渣，撒给它们吃。小鸭子们边吃边说：

"真好吃，都快饿死了！"

太阳出来了，阳光普照大地。庄稼人纷纷出门下地干活儿去了。

鸭宝宝在木盆里酣睡到日上三竿。睡醒了，奶奶把它们交还给妈妈，嘱咐它说：

"带孩子们去河边玩吧！看好它们，别被驴踢到，也别被车轧到！"

鸭妈妈听话，带着孩子们一前一后地出发了。

"妈妈，咱们去河边干什么呀？"孩子们问。

"去河里捉小鱼，去对岸吃嫩草啊！"

它们摇摇摆摆，好一会儿才走到河边。

鸭妈妈先跳到水里游起来。

"到妈妈这儿来！"鸭妈妈转头招呼自己毛茸茸的孩子们。

大宝贝先下水，"哎呀，妈妈！水太凉了！"马上哆嗦着退了回去。

二宝贝跟着下水，"哎呀，妈妈，我的羽毛都弄湿了！"

三宝贝下水后也马上回去了！

"你怎么也回去了？"妈妈问道。

"我可不想淹死！我还这么小，好日子还在后头呢！"

"快下水，快来！我的小金宝们！过来划划水，别害怕呛水，你们要是能游到我跟前，我给你们抓红鳍鱼吃！"

"什么鱼我们也不稀罕！"三宝贝说。

鸭妈妈想着，这条河连诺伊科爷爷都很喜欢，孩子们怎么不喜欢呢？该怎么办呢？最后它决定骗宝贝们下水。

"孩子们，你们要是不想吃鱼，那咱们就吃点小虫和青草。"鸭妈妈说，"河对岸有片青草，可好吃了，爬到我背上来，我带你们去吃！"

小鸭子们乖乖爬到妈妈背上，妈妈驮着孩子们下河游了起来，到河中央，鸭妈妈突然扑通一声潜到水里。

落水的孩子们尖叫着，惊慌失措地扑腾小脚掌，拍打着稚嫩的翅膀。

"救命啊！救命啊！"孩子们大叫。

"等快沉底，你们就知道自己想办法了！"河边柳树上的黑渡鸦冲小鸭子们喊。

鸭妈妈过了一会儿才浮出水面。

"妈妈！妈妈！我们快要淹死了！"

"淹不死！快划水！往我这儿游！"

鸭宝宝们终于开始怯生生、跌跌撞撞地划水，像漂浮在水上的黄色纸船。它们好不容易才游到了对岸，鸭妈妈又忍不住高兴地炫耀：

"我的宝贝们都是游泳健将！你们真是村里游得最快的鸭宝宝呀！"

贪吃的狗鱼

卡姆齐尼亚河入黑海口的地方，河边柳树成荫。林下有条小路，小路尽头住着一户人家，他们的房子不大，只有一扇窗户。每当夜幕降临，窗户里都亮起猫眼般的灯光。院外水草丰盈，篱笆上南瓜藤蔓缠绕。

一天，主人捕鱼回来，一边在院子里晒网，一边和家人念叨："我弯腰撒网的时候，怀表扑通掉水里了，赶忙脱衣服下水，跳下去十来次也没找回来。多好的表啊！可惜了！每天天亮在我头顶嘀嗒嘀嗒叫，比那小鸟叫得都欢！我省吃俭用，勒紧裤腰带，攒了两年钱才把它买上。还想着，等农乔长大了送给他呢。"

"没事的，父亲！"儿子安慰道，"等我长大了，就去当制表匠，给你做很多很多表，让你每个口袋里都有一块表！"

父亲听完默默把袋子的鱼抖搂到桶里，提桶进城去了。

农乔也不闲着，去河边挖牡蛎，挖够了，就挽起裤管下河去摸小鱼。

"我也能是个抓鱼的好手呢！"孩子心里想，摘下父亲给的帽子，翻过来浸到水里，竟然捞起条小银鱼。那小鱼眼睛锃亮，活蹦乱跳。

"欢迎你啊！"农乔很高兴，开始仔细打量他的猎物。

"谢谢！"小鱼很有礼貌，声若蚊蝇。

"你会说我们的话？在哪儿学的？"

"夏天，在格（河）岸边上，每天幼儿园放学的娃娃们都在柳树下王（玩），像小鸭子似的在沙子里打滚儿，捡别（贝）格（壳），我听它们捉（说）话，就跟着学会了！"

"真厉害！"农乔称赞，"我吃过很多鱼，像你这样会说话的还从来没尝过！"

"你要吃我？你是狗鱼？"

"我才不是狗鱼！我就是要吃你，谁让你不会发弹舌音！"

"啾啾（求求）你啦，农乔大科（哥），放了我吧！等明年，尼（一）年级小学生再雷（来）河干（岸）王（玩）的时候，我一定好好跟他们学弹舌音，我说到做到。启名（蒙）老师是一群幼儿园小娃娃，也不能怨我呀！"

农乔听着，忽然想起父亲的怀表，不禁叹了口气。

"你叹什么气？"小鱼问，灵动的眼睛水汪汪地看向他。

"唉，想起我父亲的怀表，早晨不小心掉河里了，是块好表！"

"咦？"小银鱼摇着尾巴说，"你把我放了，我保证一定帮你把表脚（找）回来！你就放了我吧，农乔大科（哥），你琢磨琢磨，一条小鱼换一块好表，不吃亏！"

"好吧，放了你！我可就坐在这等你回来，一个小时以后还不回来，你就是个大骗子！"

"哎呀呀！"小银鱼嗓门儿都提高了，"我可是整条河里最讲信用的鱼，我要是不回来，你去法庭告我！快放了我吧，我喘不过气，离了水要死了！"

于是，农乔小心翼翼地抓起小银鱼放回河里。

"啊——"小鱼大叫，一头扎回水里。

花开两朵，各表一枝。农乔在河岸边等小鱼这事暂且不说。那头，河水深处石头上浮着个……什么东西？原来，是条头大肚扁的狗鱼，它刚睡醒，从洞里出来溜达。

"哎——红鳍鱼，还不给我滚开！"

狗鱼游到岸边，石头上海蛙呱呱叫着。

"你叫什么呢？"狗鱼对海蛙喊道。

"唱歌！"海蛙自豪地回答，"我这里是水上电台。"

"在我肚子里唱怎么样啊？"狗鱼说着，一跃而起，张开大嘴吞下海蛙，然后心满意足地在水里撒欢，顺水沉浮，漂到一棵核桃树下。树上筑着夜莺窝，窝里趴着三只小夜莺，莺妈妈正在旁边的树枝上呼唤孩子：

"宝贝们，快飞过来，别害怕，展开翅膀！对！挥起来！"

小夜莺们一个接一个飞到妈妈身边，把树枝都给压弯了。

"你们飞得真好！"妈妈夸奖它们，"等你们长大了，我带你们去飞机场飞，和大飞机比试比试！现在练习飞到对岸去，我在前面领着你们，好好看好我怎么飞，出发！"

妈妈起飞了，孩子们跟在后头，奋力振翅。飞到河中央时，贪吃的狗鱼冒出来，冲着飞在最后的小鸟喊道：

"站住！"

小鸟一惊，心怦怦跳，惊慌失措，一不小心沾湿了翅膀，落到水里。狗鱼见状一口吞掉它，连忙去追另外几只，好在那几只已经飞远了。

弟弟被吃掉，妈妈和哥哥们难过得哭了起来，哭声感染了岸边的树和石头，它们也不禁流下眼泪。

此时，老流氓狗鱼已经游回到河底，追着小虾米玩，小虾米被吓得节节后退。突然，狗鱼看见什么东西在闪光，形状像是牡蛎，里面却嘀嗒作响。

"这是什么东西？能不能吃？要是活的，应该能吃，应该是活的吧？要是死了，怎么还嘀嗒响？"自以为是的狗鱼说着，毫不犹豫地吞下了农乔爸爸的怀表，表在他肚子里依然嘀嗒嘀嗒。

"去白沙滩再吃点小银鱼！"狗鱼嘀咕一句就出发了。

白沙滩边上银鱼群正嬉戏玩耍，毫无防备，狗鱼张开大嘴，慢慢靠近。但银鱼们老远听到了怀表嘀嗒的声音，回头一看，是张着血盆大口的狗鱼，吓得四散奔逃。被农乔放生的小银鱼跑在最前面，可它并没游到水深处躲起来，而是回到农乔等它的地方，浮出水面呼喊：

"农乔大科（哥）！快去拿网，我一会儿把狗鱼引到这里来，你网住它，表就在它的肚子里面。"

农乔听完急忙跑回去取鱼网。小银鱼回到水里冒死引诱狗鱼，它如小燕般于猛禽嘴下逃生，身形灵动，左躲右闪，好几次甚至都游到狗鱼嘴边了，过了一会儿终于把它引到了岸边。

"给我站住！"狗鱼用尽最后一丝力气挤出这句话，头搭在岸上喘着粗气。岸上，农乔一把撒下网来网住狗鱼，使劲往回拉网，狗鱼奋力挣扎；农乔往上拉，狗鱼往下挣，最后终于挣不过，被拖上岸。

农乔拎起狗鱼的大头，狗鱼垂死摆尾挣扎，农乔抓紧不松手，把狗鱼拎回家，扔到院子里，狗鱼在地上扑腾一阵后，渐渐没了动静。

"妈妈，我抓了条狗鱼，晚上烤着吃吧！"

"好儿子！家里正好揭不开锅了！"妈妈欣慰地看着儿子。

妈妈收拾鱼的时候，把怀表从鱼肚里掏了出来。

晚上，父亲从集市回来，母亲告诉他，农乔自己捞了条大鱼。

父亲摸着农乔的头说：

"哎呀，我的好儿子，比我强，将来一定是个捕鱼的好手，大狗鱼都能抓到，怀表也给我捞回来了！"

"那还用说！"农乔回答，"等我长大了，鲸也不在话下！"

被遗忘的蜜蜂

天色阴沉，远处山丘和庄稼浓雾缭绕，秋雨绵绵。雨水滋润下，黑莓闪闪发光，梨子金黄灿烂。核桃树下蹦出一只小兔，支着耳朵，敏捷地穿过横七竖八的草地，钻进干草垛里趴着不动了，里面准是既舒服又暖和。

雨水拍打着路边的梅树叶子，老蜜蜂颤颤巍巍地穿梭在花朵中，时不时停下来，左顾右盼，然后又急忙挥动满是皱纹的翅膀飞到另一朵花上。它看见远处波久爷爷磨坊的风车，便飞了过去。有雨滴压着，它飞得很低，老蜜蜂低得都快飞到地面上了，才参着胆子飞过黑刺李树光秃秃的树尖，赶着回磨坊院里的蜂巢。老蜜蜂又累又疼，不禁抱怨：

"我的天啊，什么时候才能飞回家啊！真是老了，不中用了！这翅膀淋湿了，脚也沾上了雨水，更飞不动了！哎呀，头也疼得要命，怎么觉得这天上下的不是雨，是石头呢！"

好在大梨树下有块避雨的地方，它停下来喘口气，看了看四周，田野笼罩在迷雾里，秋雨拍打树叶，路上车辙里灌满了雨水。老渡鸦紧紧钩住核桃树残枝，残枝是去年大雷雨肆虐时被折断的。雨水无情地洒向渡鸦，但它却纹丝不动，不知在冥思苦想什么！雨滴落珠般从枝头滴落。

"渡鸦真可怜，没地方躲雨，被淋成个落汤鸦！"老蜜蜂想着，叹了口气，"估摸着，它准是看不清路，找不到窝了！多可怜，真心疼它！"

树下，大牛车拉着满满一车南瓜，牛累得哞哞直叫，蒙着雨水的牛角泛起油光，滚在泥水里的车轮艰难前行，吱呀吱呀。

赶车的老汉坐在南瓜堆上，两撇胡子耷拉下来，像淋湿的玉米须。他头上顶个袋子遮雨，冻得瑟瑟发抖。

老蜜蜂也冻得发抖。

"天怎么一下子冷了！"老蜜蜂说着，更想念自己的蜂巢了，蜂巢里既舒服又暖和，在家的伙伴们可享福了：小蜜蜂们伴着"秋雨催眠曲"应该已经进入梦乡。老蜜蜂们应该在静静地聊天，三言两语，有一搭没一搭。它们可能在说现在是"秋老虎"，天气暖和才让那树再次开花；也可能在说去年劈断核桃树的响雷；还可能说下雨前没来得及收的葡萄。

磨坊排水管"叽叽叽"地唱着，水管接住雨滴，问它们都到过哪里，看到过什么，为什么这么冷！

有的雨水滴落时还泛起水泡，像极了吃饱的雄蜂：干活儿，交配，然后生命走向尽头。

老蜜蜂用尽最后一丝力气，重新开始飞翔，奔着养蜂人波久爷爷上路了。爷爷现在应该坐在磨坊的门槛上，望着雨，担着心："我那老蜜蜂怎么还不回来啊？"

"不回去，咋办呢？两手空空咋好意思回去？"此刻的老蜜蜂心想道。

天愈发阴沉，云雾缭绕，老蜜蜂好不容易摸回了家，但是找不到门。还没睡觉的同伴们听到声音，问：

"是你吗？老蜜蜂？"

"是我！采秋蜜刚回来。外面太黑了，什么也看不见。"

"你回来得太晚了，晚上刚下雨那会儿，波久爷爷就把蜂箱关上了！"

于是，老蜜蜂就这样被拒之门外了，心里难过，翅膀气得发抖，丧气地说：

"那好吧，晚安！"

说完后，它便继续上路了，路上泥泞崎岖，就找到片苹果树叶，躲在下面避雨。

"唉！"老蜜蜂心里想，"幸好秋天有落叶！"

赔了奶羊又折鸭

　　从前，有对老夫妇，梅尔莫兰爷爷和梅尔莫兰卡奶奶。他们住在屋顶塌、烟囱歪的小房子里。爷爷奶奶家徒四壁，守着一只奶羊和一只鸭子过日子。

　　梅尔莫兰爷爷每天早晨去放羊，羊一会儿在林子里撒欢，一会儿爬上山岩，一会儿又在山丘上蹦来跳去。

　　"等等我，让我喘口气吧！求求你啦，你没看见吗，我老喽！"

　　羊依旧跑跑跳跳，把爷爷的话当耳旁风。

　　傍晚，爷爷牵羊回到家，累得半死，进屋后先生上火，又忙着挤奶，煮奶，掰面包。饭做好了，奶奶才回到家。她整天去邻居家串门，听张家长李家短，满村传闲话。

　　锅里的羊奶泡面包咕嘟咕嘟地开了，爷爷赶快招呼奶奶吃饭：

"拿勺子快来吃，要不就溢出来了！"

"你看住，别让它溢出来！"早已饥肠辘辘的奶奶从架子上拿下勺子，凑了过来。爷爷等着奶奶也叫上他一起吃，没想到奶奶唠叨道：

"老头子！你怎么回事？又忘了喂鸭子吧？可怜的鸭子，这会儿快饿死了！你也不想着它！"

爷爷赶紧拽下根玉米棒，在帽子里搓下玉米粒，给鸭子送去。奶奶没等他，自己先吃上了。

日子就这么一天天过着。

有一天，爷爷像往常一样煮了羊奶泡面包，煮好之后叫奶奶，奶奶没有应声，躺在院子里打滚儿。

"老婆子，快来喝奶！一会儿就要溢出来了！"

"不喝！"

"咋不喝！"

"恶心……"

"你咋啦？快说说！"爷爷很是担心，摸着奶奶的头问。

"你就知道问我这个！我今天就是不吃饭，明天就去跳河！"

爷爷听了奶奶的话吓得直发抖。

"你！你说的什么话！谁惹你了？"

"谁也没惹我！米特拉那个长舌妇、吃闲饭的婆娘都做了身新皮袄，我身上还穿着旧的，我也要新皮袄！"

"不是不给你买，上哪儿弄钱去？你还不知道吗，家里哪有钱了？"

"米特拉的老头子也没钱，可人家会打猎，什么时候进林子打猎都不空手而归，这不，又给米特拉打了个狐狸皮做皮袄！"

"哦哦！那我也想法子给你做一件！"

"你也去打狐狸！"

"没有猎枪啊！"

"买一把！"

"哪儿来的钱啊！"

"把羊卖了！"

"卖了羊吃啥？"

"这还不简单！不是有鸭子嘛！鸭子下了蛋，孵小鸭，小鸭再下蛋，再孵小鸭，过不了多久，每天就能捡一篮子鸭蛋，还愁没饭吃？"

"先吃饭吧，奶都凉了！"

"我什么时候穿上新皮袄，什么时候吃！"

奶奶继续趴在地上，撒泼打滚！

第二天，爷爷只能去卖羊。

到了集市，爷爷不舍地对羊说：

"羊啊！不得已才卖你啊！实在没办法！谁让我怕那老婆子呢，到死都怕她呀，不瞒你说，看到她的影子我都吓得不行！你的奶水养活全家，以后我再也喝不到啦！真舍不得你！走吧！"

"我走了！"羊依依不舍地和爷爷告别，走到新主人跟前。

爷爷用卖羊的钱买了把旧猎枪，回到家，迈进门槛的时候挠挠后脑勺：

"这可怎么是好？上哪儿找狐狸去？"

"我告诉你！"奶奶说，"你把鸭子拴上，拎到林子里去，你躲到树丛里等着。鸭子一叫，狐狸听到了准来，等它走近，你就开枪，要快！可别让它把鸭子吃了！"

爷爷对奶奶言听计从。听了奶奶的话，爷爷绑上鸭子进了林子，林子里黑得伸手不见五指，爷爷心里害怕：

"我还是爬上树去吧，回头熊来了就糟了！我也不是好惹的！要是狐狸识相，就乖乖走到我枪口前！"

爷爷绑好鸭子，鸭子吓得嘎嘎叫，狐狸闻声跑来。

爷爷端起枪，小声嘀咕：

"新皮袄来了！"

砰！枪声响起。

一股浓烟迷了爷爷的眼，等烟散去，他走近一看，狐狸的影儿都没有，绳上拴着的鸭子也不见了，狐狸没打着，鸭子也搭上了！

爷爷难过得痛哭，垂头丧气地走回了家。

从此以后，梅尔莫兰爷爷和梅尔莫兰卡奶奶再也没有奶羊，也没有鸭子了，再也喝不到羊奶，只能以水度日了！